L'ÉMERAUDE DE JOKKUN

DU MÊME AUTEUR
CHEZ LE MÊME ÉDITEUR

N° 1 : LA HACHE DE BRONZE
N° 2 : LE GUERRIER DE JADE
N° 3 : LES AMAZONES DE THARN
N° 4 : LES ESCLAVES DE SARMA
N° 5 : LE LIBÉRATEUR DE JEDD
N° 6 : LE MAUSOLÉE MALÉFIQUE
N° 7 : LA PERLE DE PATMOS
N° 8 : LES SAVANTS DE SELENA
N° 9 : LA PRÊTRESSE DES SERPENTS
N° 10 : LE MAÎTRE DES GLACES
N° 11 : LA PRINCESSE DE ZUNGA
N° 12 : LE DESTRIER DORÉ
N° 13 : LES TEMPLES D'AYOCAN
N° 14 : LES RÊVEURS DE XURA
N° 15 : LA TOUR DES DEUX SAGESSES
N° 16 : LES MERS DE CRISTAL
N° 17 : LES CHASSERESSES DE BREGA
N° 18 : L'ÉCHIQUIER VIVANT DE HONGSHU
N° 19 : LES RAVAGEURS DE THARN
N° 20 : LES BARBARES DE SCADOR
N° 21 : LES CONSACRÉS DE KANO
N° 22 : L'EAU DORMEUSE DE DRAAD
N° 23 : LES CINQ ROYAUMES DE SARAM
N° 24 : LES DRAGONS D'ANGLOR
N° 25 : LA TRIBU ROUGE DES KARGOIS
N° 26 : LES ANDROÏDES DE MAK'LOH
N° 27 : LA COURTISANE DE DAHAURA
N° 28 : LE MAGICIEN DE RENTORO
N° 29 : LE TYRAN DE TARGA
N° 30 : LE MALÉFICE DU NGAA
N° 31 : LES GLADIATEURS DE HAPANU
N° 32 : LES RÉVOLTÉS DE MYTHOR
N° 33 : LA FORÊT CARNIVORE DE JAGHD
N° 34 : LES DESCENDANTS DES MAÎTRES DU CIEL
N° 35 : LES SEPT DUCHÉS DU FLEUVE CRAMOISI
N° 36 : LA VENGEANCE DU MAÎTRE DU CIEL
N° 37 : LA CAVERNE DE L'IDOLE
N° 38 : LES AÉRIENS DE K'TAR
N° 39 : LES DIEUX DE LA MORT LENTE
N° 40 : LES MANGEURS D'HOMMES D'ILETROIS
N° 41 : LES CHEVALIERS-DRAGONS DE KHARM
N° 42 : LES ADORATEURS DE DSCHUBBA
N° 43 : L'EMPEREUR DE WORAD
N° 44 : LES HORDES DU GRAND OCÉAN
N° 45 : LES LÉGIONS DE KORUM

JEFFREY LORD

BLADE

L'ÉMERAUDE DE JOKKUN

PLON

ISBN : 2-259-01265-5

CHAPITRE PREMIER

En dehors de ses missions dans d'autres Dimensions, Blade menait une vie plutôt tranquille avec manoir à la campagne et appartement à Londres. Il avait depuis longtemps réussi à imposer à ses voisins l'apparence d'un riche oisif du genre sportif et bien bâti, le type d'homme dont on est guère surpris d'apprendre qu'il passe ses hivers aux Bahamas et à chasser le gros gibier quelque part en Afrique Centrale. Les commères attentionnées auraient bien été surprises si on leur avait dit sous quel genre de soleil la peau de Blade avait pris ce hâle persistant qui était le sien...

Et dans cette existence apparemment bien ordonnée, les appels de J, le mystérieux chef anonyme du MI 6, auraient pris l'allure de parasites dérangeants si Blade n'avait pas été un fanatique de l'aventure, qualité indispensable pour un homme appelé à affronter des dangers qui n'existent habituellement que dans les romans fantastiques.

Blade revenait d'ailleurs de la Convention anglaise du genre qui s'était tenue à Birmingham — avec Roland Green comme invité d'honneur — lorsque l'émetteur-récepteur habilement dissimulé dans le tableau de bord de la Rover par les techniciens du Contre-espionnage britannique émit soudainement le signal d'appel d'urgence.

Sans quitter des yeux l'autoroute noyée sous des trombes d'eau, Blade ouvrit la ligne et la voix à la fois calme et ferme de J envahit l'habitacle de la Rover fonçant sous la pluie battante.

— Richard, commença le vieux chef du MI 6, nous aimerions vous voir dès que possible à la Tour de Londres... J'espère que je ne vous dérange pas trop ?

Blade haussa les épaules et fit une grimace lorsqu'il croisa son propre regard dans le rétroviseur.

— Comment un modeste sujet de la Couronne pourrait-il être dérangé lorsque le devoir l'appelle ?... Je suppose que notre ami Lord Leighton, est déjà en train de faire chauffer ses machines infernales ?

La voix de J laissa transparaître une trace d'amusement.

— On ne peut rien vous cacher, Richard...

— Je serai à Londres dans une heure.

— C'est parfait, Richard, répondit J. A bientôt !

Blade fit une autre grimace, salua son

supérieur et éteignit la minuscule radio spéciale.

Les vacances étaient finies.

La pluie qui déferlait sur l'autoroute du nord n'avait été qu'un avant-goût du déluge qui s'abattait sur Londres lorsque Blade y arriva. Les nuages étaient si bas sur la capitale britannique que les murailles austères de la Tour de Londres donnaient l'impression de vouloir les accrocher au passage. Après bien des recherches, Blade finit par trouver une place pour sa voiture et s'en alla rejoindre l'entrée discrète des laboratoires du Projet DX que la vieille forteresse couvait secrètement dans ses fondations.

Des gardes de la Special Branch vérifièrent une fois de plus l'identité du visiteur — qu'ils connaissaient pourtant bien — avant de l'autoriser à emprunter l'ascenseur qui menait au repaire de Lord Leighton.

Pendant que la cabine s'enfonçait vers les laboratoires souterrains, Blade repensa, pour la millième fois sans doute, à toutes ces expériences incroyables dont il était devenu à lui tout seul le service « action ». Ce sentiment d'être unique en son genre était à la fois grisant et assez ennuyeux. Grisant parce qu'il donnait l'impression à Blade d'être en dehors du commun des mortels — comme on dit chez ceux qui se croient au-dessus — mais tout aussi gênant en raison des responsabilités et, surtout, de l'implacable disponibilité que cela impliquait en retour...

Lorsque les portes blindées coulissèrent devant lui, Blade cessa de ruminer sur son rôle au sein du plus ambitieux projet imaginé par l'Angleterre depuis sa fondation et se jeta dans la gueule du loup.

A voir Lord Leighton, on aurait difficilement imaginé qu'il pût être le cerveau qui avait découvert la théorie grâce à laquelle les voyages interdimensionnels étaient devenus une réalité. Une réalité soigneusement dissimulée au grand public, mais une réalité quand même.

Mais dans tout grand œuvre, il existe un revers de la médaille... Si le vieux savant cloué dans son fauteuil roulant par une terrible maladie avait mis au point une invention révolutionnaire, celle-ci présentait quelques désavantages qui ne cessaient de mettre son existence même en péril : le principal était bien sûr le fait que seul Richard Blade soit capable de supporter l'effroyable tension mentale et physique provoquée par la translation entre les univers parallèles ; et, à cela, il fallait ajouter un coût exorbitant qui nécessitait une ponction énorme sur le budget secret du gouvernement. Mais Lord Leighton, cloîtré dans ses laboratoires ne semblait pas s'inquiéter de ce genre de détails et laissait à J le soin d'aller parlementer régulièrement avec le Premier Ministre pour le convaincre que le budget astronomique du Projet DX n'était pas jeté par la fenêtre et finirait bien un jour par déboucher sur la plus grande aventure de l'Angleterre : la conquête de l'infinité des Dimensions X et la constitution, de ce fait, d'un nouvel Empire Anglais étendu sur l'intégralité du continuum espace-temps.

Blade sortit de l'ascenseur et se dirigea vers J et Lord Leighton qui conversaient près de la cabine de translation.

Les deux vieillards se retournèrent en même temps lorsqu'ils entendirent les portes de l'ascenseur s'ouvrir dans un souffle.

— Bonjour, Richard, fit J avec un sourire qui éclaira son visage de gentleman-farmer. Nous vous attendions avec impatience...

Blade les salua d'un signe de la tête et déposa son sac de voyage près du fauteuil roulant de Lord Leighton.

— Je présume que vous êtes pressés, fit-il avec un soupir.

— Comme d'habitude ! jeta Lord Leighton avec un bref hochement de la tête. Comme on dit, le temps, c'est de l'argent ! Et le temps du Projet DX est particulièrement onéreux...

— J'espère que vous êtes prêt à partir immédiatement, s'enquit J avec une mimique interrogative.

Blade acquiesça.

— Je n'ai pas eu le temps de passer chez moi mais ce n'est pas grave. Les domestiques du manoir sont habitués à me voir disparaître sans raison de temps à autre... Ceci dit, j'aimerais bien que vous preniez soin de mon sac pendant mon absence. Il y a une édition originale de Lord Dunsany dedans...

J émit un petit rire et s'empara du sac de voyage en cuir.

— N'ayez crainte, Richard. S'il y a bien quelque chose que nous ne redoutons guère ici, ce sont les vols !

Blade laissa les deux hommes et se dirigea vers le petit vestiaire. Au fil du temps, la force de l'habitude s'était installée chez lui et il partait en mission avec la même sérénité que s'il devait prendre l'avion...

Il ressortit bientôt, vêtu de sa tenue habituelle : un treillis de combat, une paire de bottes montantes, et un ceinturon de cuir. Quant à son armement, il se composait d'un couteau commando inséré dans sa botte droite et d'un sabre court passé dans son ceinturon.

Sans un mot, Blade alla s'asseoir dans le fauteuil de la cabine de translation et boucla son harnais. Une fois cette opération terminée, il fit signe à Lord Leighton que tout allait bien. Le vieux savant déformé par la polio propulsa son fauteuil roulant en direction de la console principale du complexe informatique et commença à pianoter sur les touches lumineuses. Le ronronnement sourd qui emplissait le laboratoire prit de l'ampleur, indiquant que l'ensemble des appareils dissimulés derrière les cloisons métalliques étaient maintenant parés pour la translation. Une poignée de secondes plus tard, la structure grillagée suspendue au-dessus de Blade commença à descendre lentement pour l'envelopper complètement et le couper du reste du monde.

— Allez-y ! lança Blade. Tout est OK !

Lord Leighton hocha sa tête de vieux vautour du Sahel et appuya sur le bouton fatal qui pulsait d'une lumière rouge juste devant lui. Le ronronnement se transforma en rugissement aux oreilles des trois hommes et des flots d'énergie se frayèrent un chemin en direction de la cabine de translation.

Le laboratoire commença à s'estomper autour de Blade qui fut envahi par unc sorte de nausée alors que son corps se dissolvait progressivement dans le néant.

La douleur arriva bientôt, taraudant son cerveau, alors qu'il traversait à une vitesse infinie les insondables abîmes qui s'étendaient entre les univers parallèles. L'atroce sensation parut se poursuivre une éternité avant que Blade ne sente se regrouper les atomes qui composaient son corps au fur et à mesure qu'il approchait de la destination que lui avaient choisi, au hasard, les ordinateurs de la Tour de Londres.

CHAPITRE II

A la seconde même où son corps se reconstituait, Blade ressentit un choc à la tête qui l'étourdit presque. En ouvrant les yeux, il s'aperçut qu'il avait buté contre une paroi dure qu'il tâta dans le noir. Un mur, sans doute. S'il avait surgi moins d'un mètre plus loin, les atomes de son corps se seraient mélangés avec ceux de la pierre...

Blade se mit debout avec précaution et laissa ses yeux s'habituer aux ténèbres ambiantes. Peu à peu, elles s'adoucirent et Blade découvrit qu'il se trouvait dans une sorte de cellule au plafond bas et dépourvue de tout mobilier. Blade sentit son estomac se serrer et crut un instant que les ordinateurs de Lord Leighton l'avaient expédié dans un cul-de-basse-fosse où il aurait toutes les chances de n'être qu'un cadavre desséché lorsque les appareils de la Tour de Londres se décideraient à le repêcher...

Sans perdre son calme, il se mit à explorer les murs du bout des doigts. Il ne lui fallut guère plus d'une ou deux minutes pour découvrir ce qu'il cherchait : une profonde rainure qu'il commença à explorer de la pointe de son couteau commando. Il délimita ainsi un rectangle haut de presque deux mètres qui ne pouvait être que le tracé extérieur d'une porte taillée en pleine pierre.

Blade s'appuya contre et essaya de la déplacer. Sans succès. Après plusieurs essais infructueux, il se décida à rechercher un quelconque mécanisme dissimulé dans le mur. Ses doigts explorèrent chaque centimètre carré du mur où s'ouvrait la porte jusqu'à ce qu'il sente soudain la pierre s'enfoncer.

Un bref chuintement traversa le silence épais de la cellule. Blade se recula par réflexe et vit la porte de pierre se dissoudre littéralement. Sans attendre une seconde de plus, il fonça au travers de l'ouverture et se retrouva dans une sorte de couloir voûté. Quand il se retourna, ce fut pour s'apercevoir que la porte était déjà en train de se reconstituer suivant un mystérieux processus qui devait avoir de sérieux liens avec la magie...

Contrairement à la cellule, le couloir était faiblement éclairé par une phosphorescence issue des murs eux-mêmes. Blade, intrigué, se rendit compte que cette luminosité était émise par une fine couche végétale ressemblant à une moisissure. Il essuya ensuite ses doigts contre son treillis et se mit en marche au hasard après avoir tiré son sabre. On n'était jamais assez prudent dans les univers inconnus qu'étaient les Dimensions X et Blade avait eu souvent la vie sauve grâce à ce genre de réflexe.

Après quelques dizaines de minutes passées à errer dans le dédale des couloirs déserts, Blade finit par entendre un grondement lointain accompagné d'un courant d'air frais qui lui indiquèrent que la sortie était proche. Au fur et à mesure qu'il s'orientait, le grondement devint quelque chose ressemblant à un roulement de tambour. Et soudain, au détour d'un coude du couloir phosphorescent, il aperçut enfin devant lui un rectangle de nuit qui se découpait dans la pierre. Un rectangle vaguement éclairé par une lumière instable qui trahissait la présence d'un feu ou d'un grand nombre de torches allumées.

Les sens aux aguets, Blade accéléra le pas et arriva bientôt à hauteur de l'ouverture.

Là, un spectacle stupéfiant l'attendait. Il se plaqua contre la paroi, le plus près possible, et observa l'étrange cérémonie qui se déroulait devant lui.

Le couloir débouchait sur une esplanade dallée d'une cinquantaine de mètres de côté, au centre de laquelle se dressait ce qui était de toute évidence un énorme autel éclairé par de hautes torches. Un orchestre invisible remplissait l'air nocturne d'un concert de basses qui ressemblait à un gigantesque battement cardiaque. En l'écoutant, Blade se sentit envahi par un sentiment de malaise contre lequel il eut le plus grand mal à lutter.

L'ouverture contre laquelle il était plaqué s'ouvrait au niveau du coin droit de l'esplanade, ce qui lui permit d'avoir une vue dégagée sur la cérémonie. Un certain nombre de personnages inquiétants — leurs longues capes noires et leurs coiffures évasées leur donnaient l'air de prêtres macabres surgis du fond des âges — officiaient autour de l'autel vide et lançaient de temps à autre des imprécations à une foule invisible massée quelque part dans les profondeurs opaques de la nuit, à peine troublée par l'éclat changeant des torches et la pâle clarté lunaire.

Quelque chose souffla à Blade d'être particulièrement prudent. Son instinct de chasseur lui disait que ces hommes dont la cape sombre voltigeait comme une paire d'ailes à chaque mouvement de bras appartenaient à une race dont il fallait se méfier : jamais des êtres humains normaux n'auraient participé à une cérémonie d'une atmosphère aussi barbare, une cérémonie où toutes les forces noires de la nature paraissaient pressées d'intervenir.

Les personnages mystérieux continuèrent à haranguer la foule invisible — qui leur répondait par des chants rauques soutenus par la mélodie macabre des tambours — pendant quelques minutes encore. Puis l'un d'eux s'avança jusqu'au bord de l'esplanade dallée et écarta les bras en poussant un long cri inhumain. Immédiatement les chants et les tambours interrompirent leur mélopée lancinante et un silence impressionnant s'abattit sur l'endroit. La main de Blade serra un peu plus fort la poignée de son sabre.

Les hommes aux longues capes se disposèrent en deux rangées menant du bord de l'esplanade jusqu'au pied de l'autel. Dès qu'ils furent en place, celui qui devait être leur chef poussa à nouveau son cri terrible et le silence fut rompu. Mais cette fois, seuls les tambours entrèrent en action.

Blade entendit alors distinctement un bruit de pas venir en direction de l'ouverture. Il laissa l'inconnu s'approcher en espérant que celui-ci n'irait pas jeter un coup d'œil dans le couloir faiblement phosphorescent. Malheureusement, le garde en question se révéla trop curieux : lorsqu'il se pencha vers l'intérieur, ses yeux rencontrèrent ceux de Blade. Il ouvrit la bouche pour pousser un cri de surprise mais un coup de poing bien ajusté l'expédia sur-le-champ dans l'inconscience. Blade l'empoigna et le tira à toute vitesse à l'intérieur du couloir.

En observant sa victime, il se rendit compte que son antipathie instinctive pour les inconnus chez qui les ordinateurs de Lord Leighton l'avaient propulsé était justifiée. Débarrassé de son casque en forme de capeline cloutée dépourvue de nasal et de joues, le visage de l'homme apparut comme une version particulièrement morbide de celle d'un être humain normal, avec sa peau grisâtre qui semblait collée directement sur les os du crâne, et les maxillaires. Blade examina ensuite rapidement l'accoutrement du garde : il se composait surtout de pièces de cuir renforcées sur le corps par un plastron métallique léger, le tout complété par des bottes basses. Blade ramassa le sabre court de sa victime et le passa dans son ceinturon. A cet instant, alors qu'il lui tournait le dos, le garde se réveilla brusquement et tenta de se jeter sur lui avec un grognement bestial. Blade se retourna au dernier moment et abattit son propre sabre. La gorge à moitié tranchée, l'homme glissa et alla s'effondrer contre le mur, effaçant sous le choc une bonne surface de la moisissure lumineuse qui le recouvrait.

Maintenant, le sort en était jeté et Blade allait être obligé de trouver un moyen de s'échapper.

Il revint jeter un coup d'œil à l'extérieur et s'aperçut avec soulagement que personne ne s'était rendu compte de la disparition du garde. Mais la cérémonie semblait avoir pris un tour nouveau. Un large faisceau de lumière vert émeraude surgissait à présent d'une source située très haut au-dessus de l'esplanade, et Blade dut se mettre à découvert pour la repérer. La base du faisceau se posait exactement sur l'autel de pierre sombre comme le regard lumineux d'un dieu attendant son sacrifice.

Entre-temps, le roulement de tambour avait pris de l'ampleur et les silhouettes à la coiffure évasée se découpaient telles des ombres chinoises contre un mur de lumière orangée qui venait de s'élever du gouffre s'ouvrant face à l'esplanade. Soudain, la tête d'un cortège apparut entre les deux rangées de prêtres en cape, conduit par deux hommes en robe noire portant une sorte de large banderole blanche recouverte de signes cabalistiques noirs. Derrière venaient une demi-douzaine de soldats comme celui qu'avait dut abattre Blade, suivis de quatre porteurs de torches fumantes qui encadraient un personnage rendu indistinct par la fumée. Six autres soldats fermaient la marche et lorsque le dernier d'entre eux fut arrivé, les chants rauques et barbares reprirent comme par enchantement, mais avec une telle puissance que la flamme des torches parut trembler sous les vagues sonores.

Blade recula instinctivement lorsque le cortège s'arrêta au pied de l'autel, face à la dizaine de marches basses qui menaient à son sommet. C'est alors qu'il aperçut enfin le personnage que lui avait dissimulé la fumée des torches. C'était une femme.

Elle était entièrement nue et avait les mains liées dans le dos. Blade vit qu'elle avait de longs cheveux blonds qui descendaient sur ses seins et les dissimulaient aux regards. La jeune femme leva la tête et poussa un cri en apercevant les deux hommes qui venaient d'apparaître en haut de l'autel, entre les quatre hautes torches et en plein dans le faisceau de lumière verte. Des hommes entièrement vêtus de rouge et au visage recouvert par une cagoule. Des bourreaux, de toute évidence...

Deux des soldats du cortège s'emparèrent de la jeune femme terrorisée et la forcèrent à monter vers la flaque de lumière émeraude. Pendant ce temps, les deux bourreaux étouffèrent les torches de l'autel, imités par les porteurs du cortège. Puis, le mur de lumière orangée décrut en même temps que les chants et seuls restèrent à nouveau les tambours et leur sourde pulsation sonore. La scène n'était plus éclairée que par l'incroyable faisceau de lumière verte qui jetait une aura blafarde sur tout ce qui environnait l'autel.

Lorsque la jeune femme, qui avait cessé de se débattre pour se mettre à pleurer, arriva au sommet des marches, Blade se dit qu'il était maintenant temps pour lui d'agir.

CHAPITRE III

Le seul atout que Blade avait pour lui était l'effet de surprise.

Il ramassa rapidement la capeline du soldat et se la mit sur la tête : le casque clouté et son couvre-nuque ne seraient pas de trop pour le protéger dans son expédition...

Puis, bondissant dans la nuit vaguement éclairée par la faible partie de la lumière verte qui débordait de l'autel, Blade se glissa comme un félin au pied du lieu de sacrifice en haut duquel on s'apprêtait à assassiner la jeune femme blonde inconnue. Parvenu à destination sans que personne ne l'ait vu, dans les ténèbres, il leva la tête pour chercher d'où venait l'étrange faisceau lumineux.

Et là, il aperçut, à une cinquantaine de mètres au-dessus de lui, couronnant une tour lisse comme du verre, un joyau d'une taille phénoménale... On aurait dit un œuf d'émeraude assez gros pour contenir un dinosaure, un ovale parfait d'une pierre précieuse capable de faire naître un intense rayonnement lumineux qui plongeait ensuite en direction de l'autel au pied duquel Blade était tapi en attendant de passer à l'attaque. Sur le fond étoilé de la nuit, c'était un spectacle aussi extraordinaire qu'inquiétant.

Abandonnant la contemplation de la gigantesque émeraude, Blade se plaça près du coin le plus proche et jeta un coup d'œil en direction du rassemblement qui s'apprêtait à assister au sacrifice de la prisonnière dénudée. Les prêtres à la cape noire semblaient plongés dans une sorte d'extase et plasmodiaient des paroles indistinctes. Blade se recula et examina la pierre de l'autel contre laquelle il était appuyé. Immédiatement, il vit, malgré le peu de lumière disponible, qu'il lui serait possible de monter discrètement jusqu'au sommet de l'autel. Il tira de son ceinturon le sabre pris au garde et en inséra la lame entre deux blocs, à un bon mètre de hauteur. Puis, plantant son couteau commando le plus haut possible entre deux autres blocs, il posa le pied sur la garde du sabre et se servit du couteau pour se redresser. Là, priant pour que l'arme des commandos tienne, il s'y accrocha d'une main et finit par réussir à retirer le sabre du soldat et à le replanter un peu plus haut, toujours entre deux grosses pierres taillées. D'un coup de reins, il se retrouva dans un équilibre précaire à deux bons mètres du sol et se redressa sans bruit, jusqu'à ce qu'il puisse regarder, en l'espace d'un éclair pour ne pas être repéré, ce qui se passait sur la plate-forme de sacrifice.

Par bonheur, les deux bourreaux encapuchonnés lui tournaient le dos, trop occupés à attacher la jeune femme sur une plaque de métal incurvée vers l'intérieur. Des anneaux de fer servaient à fixer les chaînes qui retenaient les membres écartelés de la future victime. Durant les quelques secondes que dura sa brève observation, Blade se rendit compte que la cérémonie allait bientôt reprendre car la jeune femme était maintenant solidement fixée aux anneaux. D'où il se trouvait, il pouvait voir ses seins aux larges aréoles se soulever sous l'effet des sanglots de terreur qui traversaient son corps tourné vers la foule invisible massée plus bas face à l'esplanade et dont le grondement sourd avait repris en suivant le rythme lent des tambours.

Il n'y avait plus une seconde à perdre. Blade agrippa le rebord de la plate-forme de pierre et se souleva sans bruit à la force des bras. Il se rétablit en souplesse sans que les deux bourreaux, bien trop occupés à vérifier les liens de leur prisonnière, ne s'aperçoivent de quoi que ce soit.

Blade, qui avait repris son couteau avant de partir à l'attaque, s'élança sans bruit vers le bourreau le plus proche et le poignarda au cœur après lui avoir appliqué la main droite sur la bouche pour l'empêcher de crier. L'homme se raidit mais la lame fit son effet avant même qu'il ait eut la présence d'esprit de se débattre.

Blade accompagna la chute du corps pour éviter de donner l'alarme au second bourreau dont la main était en train de s'égarer entre les cuisses de la jeune femme. Mais l'homme devait avoir l'ouïe très fine car il se retourna soudain, au moment même où le cadavre de son compagnon s'étalait pourtant sans bruit sur la pierre. Là, Blade fit la seule chose en son pouvoir pour prévenir la catastrophe et lança, presque au jugé, le couteau qui alla se ficher dans l'œil gauche de l'autre, en plein dans l'orifice qui s'ouvrait dans la cagoule. La mort fut instantanée et le bourreau tomba en avant comme une masse.

Il n'avait pas touché le sol que Blade s'était déjà précipité vers la jeune femme. D'un coup de sabre, il trancha successivement les quatre petites chaînes qui la retenaient prisonnière et la força à se relever.

En bas, sur l'esplanade, les prêtres à la coiffe évasée se doutèrent que quelque chose n'allait pas sur l'autel et trois d'entre eux — dont celui qui semblait être leur chef — se ruèrent vers les marches, surgissant devant Blade à la seconde où celui-ci poussait la jeune femme vers l'arrière de la plate-forme.

La brutale arrivée des trois prêtres vêtus de noir et à la tête de momie vivante dans la flaque de lumière verte donna un frisson à Blade. Mais il ne perdit pas son sang-froid pour autant. Il désigna le sol, presque quatre mètres plus bas, et cria à la jeune femme de sauter. L'étonnante faculté que lui conféraient les ordinateurs de Lord Leighton de pouvoir instantanément parler et comprendre tous les langages des DX fonctionna une fois de plus à merveille et la jeune femme, après une brève indécision, se jeta courageusement dans le vide.

Blade se retourna alors et vit que deux des trois oiseaux de malheur s'apprêtaient à lui faire un mauvais sort pendant que leur chef s'était retourné pour demander de l'aide. Un moulinet de son sabre alla couper court à leurs mauvaises intentions. Un flot de sang noirâtre s'échappa des deux gorges sectionnées et donna envie de vomir à Blade. Mais il fallait faire vite, et, après avoir dompté son brusque haut-le-cœur, Blade courut vers le bord de la plate-forme et se jeta à son tour dans le vide.

Il atterrit en souplesse sur les dalles, presque aux pieds de la jeune femme qui l'attendait, encore tétanisée sous l'effet de la terreur.

— Vite ! jeta Blade en se relevant. Par où sort-on d'ici ?

La jeune femme eut une brève hésitation puis leva les mains au ciel dans un geste d'impuissance.

— Je n'en sais rien... Ils m'ont enlevée et...

— Ça va..., l'arrêta Blade. J'ai compris. Il ne nous reste plus qu'à espérer que la chance soit avec nous !

Suivant son instinct de chasseur, il choisit de s'enfuir par la gauche de l'esplanade car il était hors de question pour eux de reprendre le couloir phosphorescent par lequel il était venu : autant se jeter directement dans la gueule du loup. Il ne leur restait donc qu'à tenter de rejoindre l'extérieur de cette sorte de temple cyclopéen surmonté par la gigantesque émeraude lumineuse. Parvenus au bord de l'esplanade, ils tombèrent nez à nez avec six soldats à tête de mort qui arrivaient en courant après avoir entendu de loin le tumulte qui avait éclaté autour de la masse auréolée de vert de l'autel lorsque le chef des prêtres avait crié au sacrilège.

Blade repoussa vivement la jeune femme — qui n'avait pas l'air d'être une amazone... — et sauta carrément au milieu des gardes bardés de métal et de cuir. Sous l'effet du choc, trois d'entre eux tombèrent hors de la volée de marches dépourvue de rambarde pendant que le couteau de Blade allait fouiller sous le plastron d'un quatrième qui poussa un cri horrible. Blade ne perdit pas de temps et, couvert de sang noir, il se jeta immédiatement après sur les deux survivants qui tentaient de s'emparer de la jeune femme nue alors qu'une véritable horde de prêtres en furie accourait maintenant dans leur direction.

Malgré son dégoût, Blade attrapa son couteau dégoulinant de sang entre ses dents, se saisit des deux capelines cloutées et les frappa l'une contre l'autre de toutes ses forces. A moitié assommés par le véritable coup de gong qui venait de leur être assené, les deux gardes lâchèrent leur prisonnière et s'écartèrent en titubant comme des soudards ivres. Blade se saisit alors de la main de la jeune femme et entraîna celle-ci à sa suite dans une course folle vers le bas des escaliers glissants et dissimulés par les ténèbres.

Ils parvinrent rapidement à un sentier dallé qui filait en direction du mur d'enceinte du Temple, une muraille basse qui se distinguait à peine de la noirceur de la nuit. Derrière eux, la poursuite s'était organisée. Sans cesser de courir sur les dalles glacées, Blade se retourna brièvement et vit que deux douzaines d'hommes — des gardes et des prêtres — étaient à leurs trousses. Apparemment, la foule invisible du haut de l'autel ne s'était, quant à elle, pas mise de la partie...

Au bout de quelques minutes de course haletante, les deux fugitifs aperçurent des gardes qui arrivaient à leur rencontre, torches au poing et qui grimpèrent à toute vitesse sur le mur d'enceinte pour leur couper la route. La jeune femme, à bout de souffle, poussa un petit cri en les voyant.

Blade serra plus fort son poignet et accéléra encore un peu plus, quittant le chemin dallé lorsqu'ils ne furent plus qu'à une dizaine de mètres du mur. Leurs poursuivants commençaient visiblement à s'essouffler et gagnaient du terrain.

Blade et la prisonnière arrivèrent enfin au pied de l'enceinte culminant à trois hauteurs d'hommes. Ils se ruèrent vers les marches qui se trouvaient face à eux, au moment-même où les gardes des remparts arrivaient à leur niveau.

Blade lâcha le poignet de la jeune femme et grimpa très très vite en direction du premier des gardes qu'il transperça d'un coup de sabre juste en-dessous de son plastron métallique. L'homme tomba à la renverse et dégringola du mur. Entre-temps, la jeune femme avait réussi à atteindre le chemin de ronde.

Deux autres soldats tentèrent de mettre un terme à la course de Blade mais celui-ci les surprit par un moulinet particulièrement efficace qui ouvrit la gorge la plus proche. Le jet de sang alla aveugler l'autre garde et Blade n'eut aucun mal à l'expédier dans un monde meilleur d'un coup de lame bien placé.

A cet instant, la jeune femme cria que les prêtres en fureur étaient presque au bas de l'escalier. D'un seul regard, Blade jaugea la situation et comprit que leur seule chance de fuite — ils allaient être pris en sandwich entre les gardes qui accouraient sur le rempart et les hommes qui les poursuivaient depuis le lieu de sacrifice — était de sauter de l'autre côté du mur en espérant que le sol ne soit pas trop bas. Blade fit éclater le visage d'un soldat qui arrivait, empoigna la main de la jeune femme et se jeta dans le vide.

Ils atterrirent plusieurs mètres plus bas sur un glacis lisse comme du verre et continuèrent à glisser le long de sa pente jusqu'à ce qu'il rejoigne le sol proprement dit. Blade força alors la jeune femme épuisée à se relever et fonça droit devant lui en évitant les rochers qui parsemaient la zone dégagée qui ceinturait le Temple. Quelques minutes plus tard, les deux fugitifs parvenaient en bordure d'une sorte de garrigue pleine d'épineux et Blade fit signe à sa compagne de ralentir l'allure. Il se retourna et vit avec soulagement que les hommes à tête de mort étaient tous massés sur le mur en poussant des imprécations et qu'ils avaient, apparemment, abandonné la poursuite.

— Nous l'avons échappé belle..., souffla Blade tout en détaillant la masse cyclopéenne du Temple couronnée par la haute tour supportant la gigantesque émeraude lumineuse.

La jeune femme ne répondit pas tout de suite, encore sous l'effet de la course.

— Ils savent que nous ne pourrons pas nous échapper de l'île, finit-elle par dire en frissonnant de peur et de froid. Dès que le jour se lèvera, ils nous traqueront avec leurs molosses et finiront par nous attraper. On ne s'échappe pas de la Triade de Sargho...

Blade allait répondre quelque chose lorsqu'il s'aperçut que leurs poursuivants quittaient lentement le chemin de ronde, sans doute pour retourner vers l'esplanade dallée éclairée par le faisceau de lumière verte. Quelques instants plus tard, l'énorme œuf d'émeraude s'éteignit brusquement, plongeant le Temple dans la nuit sans lune. L'étrange lueur orangée qui s'était élevée du fond de l'abîme faisant face à l'esplanade avait, elle aussi, disparu.

Blade s'assit sur le sol caillouteux, imité par la jeune femme qui se frotta les bras pour lutter contre la chair de poule.

— Qui es-tu ? demanda-t-elle tout à coup. Est-ce Dosso qui t'a envoyé pour me délivrer ?

— Je m'appelle Richard Blade et ce n'est que par hasard que j'ai assisté à leur cérémonie. Je ne sais pas qui est ce Dosso, mais tu dois te douter que nous n'aurions pas eu de problème pour nous enfuir de cette île s'il m'avait envoyé pour te tirer des griffes de ces démons...

La jeune femme repoussa ses longs cheveux blonds. Malgré les ténèbres épaisses, Blade put distinguer les traits de son visage. Il la trouva plutôt jolie et bien faite de sa personne : elle était grande et solidement bâtie, même si, de toute évidence, elle n'avait rien d'une guerrière. Il se rapprocha d'elle et la serra contre lui pour la réchauffer. En évitant de penser aux seins orgueilleux qui s'écrasaient maintenant contre sa propre poitrine.

— Tu as un nom plutôt bizarre..., fit tout à coup la jeune femme. Tu n'es pas originaire de Dusan, n'est-ce pas ?

— Non, fit Blade après quelques secondes de réflexion. Mon pays se nomme Angleterre et je dois dire qu'il est fort loin d'ici ! Mais tu ne m'as toujours pas dit ton nom...

Il sentit alors sa compagne se serrer davantage contre lui, le corps traversé par un frisson.

— Colwynn. Comment es-tu venu ici sans que les Sectateurs de Jokkun le sachent ?

Blade chercha rapidement une explication crédible.

— Mon navire a fait naufrage près de cette île et j'ai pu gagner la côte à la nage. Je venais d'entrer discrètement dans ce Temple lorsque je suis tombé sur cette... cérémonie dont tu étais en train de faire les frais... C'était un sacrifice, n'est-ce pas ?

Colwynn hocha la tête contre l'épaule de Blade.

— J'ai été enlevée par ces monstres à Rokuro. C'est une ville de la côte ouest de Dusan, la capitale de la Seigneurie dont Dosso est le maître. Ils ont attaqué mon voilier de plaisance et massacré tout l'équipage.

— C'était donc toi, et personne d'autre, à qui ils en voulaient ? remarqua Blade. Et pourquoi un personnage apparemment aussi haut placé que ce Dosso aurait-il envoyé quelqu'un pour te délivrer ?

La jeune femme se dégagea des bras de Blade et essaya de le dévisager malgré la nuit.

— Parce que je vais devenir sa Première Epouse !

Blade sentit à son ton que Colwynn ne semblait pas particulièrement réjouie de cette éventualité mais s'abstint de tout commentaire.

— Et qui sont ces... Sectateurs ? demanda-t-il alors pour faire dévier la conversation.

— Des monstres ! s'exclama la jeune femme avec un sanglot soudain dans la voix. Des voleurs d'âmes que nous combattons à Dusan depuis des siècles ! Jokkun se délecte des souffrances des âmes que lui rabattent ses prêtres damnés. N'as-tu pas entendu leurs sanglots s'élever pendant qu'ils s'apprêtaient à me sacrifier ?

Blade fronça les sourcils.

— Ces chants rauques... Et cette lumière orange ?

— Leurs gémissements de désespoirs et la lueur surgie des portes de l'enfer entrouvertes ! s'exclama Colwynn. Et dès que le couteau des bourreaux m'aurait ouvert la gorge et arraché le cœur, l'Emeraude se serait emparée de mon âme et l'aurait apportée à Jokkun le Maudit !

Blade revit la scène à laquelle il avait assisté avant de secourir la jeune femme et eut un frisson rétrospectif : des milliers d'âmes captives en train de murmurer dans une fosse invisible et sous l'œil lumineux d'un dieu ignoble...

— Font-ils souvent ce genre de sacrifices ? demanda-t-il soudain à Colwynn.

— Toutes les nuits sans lune, expliqua la jeune femme avec un soupir. Le reste du temps, Jokkun se contente de moissonner toutes les âmes de ceux qui ont été assez fous ou cupides pour se vouer à lui...

« Le Diable, dans une version beaucoup plus inquiétante, en quelque sorte... » se dit Blade tout en se relevant.

La jeune femme le regarda faire sans comprendre.

— Où comptes-tu aller ? s'étonna-t-elle. Je t'ai dit qu'il n'y avait rien à faire...

Blade lui prit la main et l'obligea à se mettre debout.

— Tu as cru que c'était ton futur époux qui m'avait envoyé ici, n'est-ce pas ?

— Oui, et alors ?

— Alors, il se peut qu'il ait eu effectivement cette excellente idée et que nous ayons quelques chances de tomber sur des secours quelque part sur la côte de cette fichue île !

CHAPITRE IV

Leur progression, en pleine nuit, au travers du maquis semé de rochers et d'épineux, se révéla plutôt difficile et particulièrement douloureuse pour Colwynn qui était totalement nue. Au bout d'une heure de marche, les pieds de la jeune femme furent dans un tel état qu'elle refusa soudain de faire un pas de plus, avec la même obstination butée qu'une mule prise d'une idée fixe. Blade soupira et prit la jeune femme dans ses bras en espérant qu'il ne serait pas mort d'épuisement avant d'apercevoir la mer.

Au fur et à mesure que les heures passaient, le terrain commença à se modifier et les épineux cédèrent le pas à de petits arbres au tronc torturé et ne dépassant guère les trois mètres de haut. Soudain, au moment de dépasser le sommet d'une colline, Blade discerna la senteur caractéristique de l'air marin. Une heure plus tard, les deux fugitifs aperçurent enfin la surface calme et sombre de la mer barrée à l'horizon par le ciel nocturne piqueté d'étoiles.

La première chose que fit Blade en arrivant sur la plage de sable fin fut de déposer son fardeau humain. La jeune femme ne put s'empêcher de faire une grimace lorsque ses pieds touchèrent terre mais ne dit rien. Blade, quant à lui, étira ses muscles fatigués, puis scruta avec soin la bande de sable qui s'étendait sur un bon kilomètre dans chaque direction avant d'être cachée par des avancées rocheuses. La nuit noire rendait cette observation particulièrement difficile mais, au bout d'un moment, Blade fut certain qu'il n'y avait pas de bateau en vue.

— Tu es sûre que nous avons pris le chemin le plus court ? demanda-t-il alors à Colwynn qui s'était assise sur le sable, les jambes en tailleur, plus préoccupée de garder la plante de ses pieds hors de portée du sol que de préserver sa pudeur.

— La seule chose dont je sois certaine, c'est qu'ils m'ont amenée par un chemin qui arrivait au Temple en sens inverse de la direction que nous avons prise...

— Il y a donc des chances que nous ayons effectivement suivi la route la plus courte, fit Blade tout en réfléchissant. Cela signifie que si Dosso a envoyé des secours, ceux-ci doivent se trouver quelque part dans les parages...

— Je ne pourrai pas faire un pas de plus ! murmura la jeune femme.

Blade attrapa sa main droite et la força à se relever.

— Debout ! ordonna-t-il. Nous ne pouvons pas rester là, c'est trop dangereux. La jeune femme soupira et se releva sans hâte. Puis Blade choisit de remonter la plage vers la gauche par rapport au rivage.

Ils dépassèrent assez vite le promontoire rocheux plongeant dans la mer et débouchèrent sur une autre plage, apparemment tout aussi déserte que la précédente. Blade aperçut au loin, malgré la nuit, une tache noire se détachant sur le rivage. Il la montra à Colwynn :

— On dirait que nous ne nous sommes pas trompés...

La jeune femme allait répondre lorsqu'une voix éclata au-dessus d'eux :

— J'aimerais bien savoir comment vous êtes arrivés jusqu'ici ? Et qui est cet homme qui t'accompagne, Colwynn ?

La jeune femme se retourna d'un bond en poussant un petit cri de joie.

— Brinns ! Par tous les dieux, ce que je suis heureuse de te voir !

Le dénommé Brinns descendit du rocher où il se trouvait et rejoignit les deux fugitifs sur la plage. Cinq autres soldats l'accompagnaient, armés jusqu'aux dents.

— Personne ne peut être plus heureux que moi de notre rencontre, fit Brinns en enlevant l'espèce de courte cape sombre attachée à ses épaules pour en couvrir le corps nu de la jeune femme. Le Seigneur Dosso m'avait promis une place à son gibet si je revenais sans toi...

En s'approchant de l'homme, Blade vit qu'il était large d'épaules et bâti comme un taureau. Un fin collier de barbe soulignait sa mâchoire ainsi que sa lèvre supérieure. Cela dit, presque rien ne différenciait dans son accoutrement le Dusanien des soldats du Temple. Mais Brinns, lui, avait un visage humain.

Colwynn lui expliqua en deux mots comment Blade l'avait sauvée des griffes des Sectateurs de Jokkun et apprit par la même occasion que le commando dusanien s'apprêtait à rembarquer après s'être aperçu que le Temple était en effervescence et que des centaines de gardes patrouillaient tout autour.

— Ils s'apprêtent sans doute à nous donner la chasse dès le lever du jour..., expliqua Blade. Nous ferions mieux de lever l'ancre au plus vite !

Les Dusaniens étaient venus à bord de deux bateaux ressemblant vaguement à des drakkars normands dépourvus de figure de proue et de poupe, qu'ils avaient tirés sur le sable après avoir relevé leur quille amovible. En quelques instants, tout le monde fut à bord après avoir repoussé les bateaux à l'eau, et les rameurs se courbèrent sur leurs avirons.

Entre-temps, une légère brise favorable s'était mise à souffler et les deux capitaines purent chacun faire hisser leur grande voile rectangulaire. Dès que la côte sinistre de l'île commença à s'éloigner dans l'obscurité, Brinns ordonna qu'on s'occupe de ses deux passagers et Blade ne fut pas fâché de prendre son premier repas décent depuis ce qui lui semblait être une éternité.

*
* *

Les deux bateaux arrivèrent en vue de Dusan le lendemain soir après un voyage sans histoire au cours duquel Blade eut largement le temps de discuter avec Brinns et, surtout, la belle Colwynn qui paraissait soulagée d'avoir échappé au couteau des Sectateurs mais guère heureuse de rejoindre son futur époux. Celui-ci régnait sur un bon quart de la longue presqu'île qui formait le Royaume de Dusan et sa Seigneurie s'étendait jusqu'aux contreforts de la Mer de Sable, un haut plateau recouvrant presque tout le centre du pays et habité par des hommes à la peau squameuse qui formaient une communauté plus ou moins indépendante du pouvoir central. La grande richesse des hauts plateaux était constituée par des gisements de fer comptant parmi les plus importants de l'univers connu des Dusaniens. Et, d'après Colwynn, ils attiraient la convoitise du Pays de Tarak, un état sanguinaire situé de l'autre côté de la branche est de la Mer Intérieure. Dusan n'était pas assez puissant pour tenir tête seul à Tarak mais possédait un allié sûr au nord : la Fédération de Malkar.

— Et quel rôle jouent là-dedans nos amis de la Triade de Sargho ? demanda Blade.

Les grands yeux bleus de la jeune femme s'étrécirent brusquement.

— Les Sectateurs essayent de polluer tous les pays qui sont à leur portée ! On dit même qu'ils sont au mieux avec Nyss-ab-Xerg, le dictateur de Tarak, ce qui ne serait guère étonnant puisque lui aussi est sans doute une incarnation démoniaque ! Chez nous, ils sont interdits de séjour et une loi récente condamne au gibet tous ceux qui sont soupçonnés d'avoir des relations avec eux.

Blade finit son gobelet de vin et se laissa bercer par le lent roulement du navire en train de fendre les eaux. Mais ses yeux ne quittèrent pas ceux de la jeune femme.

— Alors, peut-être pourrais-tu m'expliquer pourquoi ils se sont autant démenés pour t'enlever si près des côtes de Dusan...

Colwynn se redressa et jeta un rapide coup d'œil vers la porte de la minuscule cabine où ils étaient comme si elle craignait soudain qu'on les espionne.

— Je te l'ai déjà dit : ils avaient besoin

d'un sacrifice pour la nuit sans lune..., répondit-elle à voix basse.

Blade eut un demi-sourire.

— Je ne marche pas, Colwynn. Ils auraient pu prendre n'importe qui pour cela. S'ils t'ont choisie, c'est en raison de tes liens avec Dosso. Je me trompe ?

La jeune femme baissa la tête.

— C'est vrai..., fit-elle au bout d'un bref silence. Ils voulaient se venger de Dosso qui a fait écarteler trois des leurs qui avaient essayé de le rouler...

— De le rouler ? Mais je croyais que tout contact avec les Sectateurs était interdit à Dusan ?

Colwynn poussa un soupir qui coïncida avec un craquement de la membrure du bateau.

— Tous les moyens sont bons pour les Sectateurs lorsqu'il s'agit de récolter des âmes. Je ne sais pas quel marché Dosso a passé avec eux mais une chose est sûre, il doit être abominable ! En tout cas, je ne sais pas ce qui va se passer maintenant entre eux...

Les deux bateaux attendirent la nuit pour accoster le long d'un embarcadère discret dissimulé au fond d'une petite crique à une certaine distance de la tache sombre constellée de lumières domestiques qu'était la capitale, Rokuro, blottie autour de la baie qui abritait son port.

Une escorte attendait depuis la veille et les deux rescapés de la Triade de Sargho, accompagnés de Brinns, se dirigèrent à grand galop, au travers de la jungle équatoriale, vers le palais du Seigneur Dosso.

*
* *

Tout en se déshabillant, Blade se dit que Dosso était un des êtres les plus antipathiques qu'il lui ait été donné de rencontrer depuis longtemps.

Le maître de Rokuro avait la prestance d'un grand seigneur et avait accueilli Blade comme le sauveur de sa future épouse, c'est-à-dire avec un grand banquet accompagné de divers spectacles, le tout organisé dans la journée qui avait suivi leur arrivée.

Blade n'avait plus revu Colwynn jusqu'au banquet car, dès son retour, la jeune femme avait été prise en charge par les eunuques du harem de Dosso. Le Seigneur lui avait fait les honneurs de son palais surplombant Rokuro mais sans lui proposer d'aller visiter la ville. Blade avait vraiment compris qu'il était une sorte de prisonnier lorsque Dosso lui avait mis le marché en main : il ne devait jamais être question des Sectateurs de Jokkun dans l'affaire de l'enlèvement de Colwynn mais d'une méchante affaire de pirates. La menace non formulée qui sous-tendait la proposition de Dosso prit toute son ampleur lorsque Blade — qui avait accepté pour avoir les mains libres — s'aperçut que Brinns ne figurait pas parmi les convives du banquet donné en l'honneur de la délivrance de la jeune femme blonde.

La fête avait rapidement tourné à la beuverie généralisée et lorsque des danseuses nues se présentèrent au milieu des tables disposées en fer à cheval, ce fut un concert d'exclamations plus vulgaires les unes que les autres. Blade, quant à lui, s'abstint de boire beaucoup et vit que le Seigneur de Rokuro l'imitait. Colwynn, elle, ne sembla guère goûter la fête et resta de marbre devant les grossiers débordements de ses compatriotes censés représenter la noblesse de la Seigneurie.

Blade passa une bonne partie du repas à observer discrètement le comportement de Dosso qui n'était séparé de lui que par une demi-douzaine de convives. Le maître des lieux était vêtu d'habits bleu nuit sur lesquels brillaient un nombre considérable de bijoux et de chaînes en or. Ses épaules étaient couvertes d'un manteau noir dont le col montant, très raide, faisait ressortir la forme triangulaire du visage, forme accentuée par un bouc noir et un nez en bec d'aigle. Blade remarqua que les yeux sombres de Dosso étaient en perpétuel mouvement, comme si l'homme voulait que rien ne lui échappe dans la débauche beuglante qui avait pris possession de la salle de réception brillamment éclairée par des dizaines de grosses lampes à huile accrochées aux murs de pierre nue ou pendant directement au plafond.

Dosso était un oiseau de proie et son long visage aux pommettes saillantes lui donnait un air sinistre qui allait parfaitement avec son comportement. Restait à savoir pourquoi un homme aussi puissant se compromettait-il avec les Sectateurs de Jokkun ? Que pouvait-il bien avoir à gagner à jouer le jeu de ces monstres à tête de mort qui chassaient les âmes pour le compte d'une divinité démoniaque ?

Une sorte d'intuition souffla à Blade que l'affaire pourrait être bien plus grave qu'il n'y paraissait au premier abord. Mais il allait avoir besoin de temps pour démêler l'écheveau compliqué qui se précisait dans son esprit et la seule chose qu'il espérait pour l'instant était d'y parvenir avant la date des noces de Colwynn...

Blade devait dormir depuis peu de temps lorsque la partie de son esprit constamment en alerte, l'avertit que quelqu'un venait de pénétrer dans la chambre où régnait une chaleur moite que n'arrivait pas à dissiper l'air plus frais de la mer entrant par les fenêtres. Blade ouvrit lentement les yeux — il avait la tête tournée vers la porte — et ses doigts se resserrèrent autour de la poignée de son couteau commando dissimulé sous l'oreiller carré contre lequel il reposait. Il allait bondir lorsqu'il reconnut soudain Colwynn.

— Il est dangereux d'entrer sans prévenir là où je dors..., murmura Blade en relevant la tête.

La jeune femme sursauta sous l'effet de la surprise.

— Pardonne-moi, dit-elle en reprenant contenance. Mais je pouvais difficilement te donner rendez-vous au banquet...

Elle s'avança jusqu'au bord du lit carré et dégrafa le bijou qui retenait le col de son manteau beige, serré à la taille par une chaîne d'or pur, qui s'ouvrit à son tour. Le manteau glissa alors sur les épaules satinées et Colwynn apparut entièrement nue.

— Je n'ai pas l'impression que Dosso apprécierait tellement ce que tu es en train de faire, remarqua Blade d'un ton qu'il voulait détaché pendant que la jeune femme s'asseyait près de lui.

— Ce que Dosso pense ou ne pense pas m'importe peu en ce moment, répliqua Colwynn tout en défaisant son chignon. Dans deux lunes, je deviendrai son esclave et je tiens à profiter de mes derniers moments de liberté avant de tomber entre ses griffes... Cela dit, rassure-toi, personne ne sait que je suis sortie du harem à l'exception d'un eunuque qui me doit la vie.

Elle se pencha alors et ses lèvres se posèrent sur celles de Blade pour un long baiser. Puis elle repoussa le drap qui recouvrait Blade et sa main s'empara du membre déjà dressé qu'elle commença à caresser lentement.

Les bras de Blade se refermèrent autour du corps doux et chaud de la jeune femme et il se mit à jouer d'une main avec les longs cheveux blonds pendant que l'autre se mettait à caresser les seins volumineux mais fermes et dont les mamelons se durcirent immédiatement. Colwynn poussa un profond soupir et laissa aller sa tête en arrière, les yeux fermés, comme pour mieux goûter le plaisir qui naissait dans tout son corps.

Elle resta ainsi un long moment, sans dire un mot. Puis, d'un seul coup, elle se redressa et se pencha au-dessus du ventre de Blade. Sa bouche se referma autour du sexe tendu et Blade sentit une langue butiner telle une abeille de chair humide autour de son gland gonflé de sang.

Il la laissa faire jusqu'à ce que l'excitation qui s'irradiait en lui devienne intenable... Il empoigna tout à coup la tête de Colwynn qu'une cascade de cheveux blonds coupait du reste du monde et l'obligea à abandonner son membre. Puis il la fit basculer sur le dos, s'inséra entre ses cuisses à la peau veloutée et planta son sexe au cœur du triangle clair qui s'offrait à lui.

CHAPITRE V

Pour des raisons évidentes, Colwynn ne passa pas la totalité de la nuit avec Blade et le quitta deux bonnes heures avant l'arrivée de l'aube.

Lorsque Blade se réveilla, alors que la matinée était déjà bien avancée, il appela les esclaves qui lui avaient été attachés par Dosso et leur demanda de lui préparer un bain qui se révéla efficace pour chasser les derniers nuages de sommeil qui lui embrumaient l'esprit.

Quand il ressortit de la baignoire ronde en métal ouvragé, il se dirigea tranquillement vers son lit. Et c'est à ce moment-là que son regard tomba sur le morceau de parchemin plié en deux et bien mis en évidence sur le drap. Blade fronça les sourcils et ramassa le bout de papier épais qu'il ouvrit rapidement.

Le message était simple : « Dosso est un traître et si tu veux en savoir plus, viens ce soir au lever de la lune sur le port, chez Narghil le Borgne. »

Blade relut une deuxième fois le message avant de le découper soigneusement en minuscules morceaux impossibles à identifier qu'il jeta ensuite par la fenêtre qui donnait sur l'à-pic de la muraille. Tout en revêtant les habits cédés par Dosso — une tunique et un pantalon de drap luxueux — Blade s'avoua incapable de se souvenir si un des esclaves avait eu un comportement bizarre et, après avoir chaussé ses propres bottes dont il avait refusé de se séparer, il passa son couteau commando dans celle de droite et se donna la journée pour visiter Rokuro et pour se décider oui ou non à aller à ce mystérieux et inquiétant rendez-vous.

En fait, sa visite de la capitale eut surtout pour but de le familiariser un peu avec les lieux sans la présence encombrante d'un guide quelconque. De plus, il n'avait pas cherché à voir Colwynn avant de quitter l'enceinte du palais avec la bénédiction apparente de Dosso.

En visitant son dédale de rues et de ruelles, Blade évalua la population de Rokuro à cent-cinquante ou deux cent mille âmes. Bizarrement, la frontière entre la ville et la jungle épaisse qui l'entourait était très marquée : on prenait une rue plus ou moins bien pavée en direction de la périphérie et on tombait tout à coup sur une sorte de voie périphérique longée par un terre-plein au-delà duquel proliférait la végétation ; en de nombreux points, cette protection plus ou moins symbolique était entaillée par les chemins arrivant de l'extérieur.

A l'intérieur du périmètre ainsi délimité — et qui suivait à peu près, et à bonne distance, le tracé de la baie autour de laquelle s'étendaient quais et mouillages de bateaux — se tassait une cité relativement propre, à l'exception, bien sûr des quartiers louches ceinturant les docks : d'un univers à l'autre, les ports apparaissaient comme la seule constante avec les défauts de l'âme humaine...

Rokuro se présentait comme un fouillis de maisons relativement basses où le bois tenait une grande place et qui utilisaient toutes les méthodes possibles pour déjouer les ruses du soleil et de la chaleur omniprésente d'un bout à l'autre de l'année. Un certain nombre de constructions en pierre taillée jalonnaient le plan de la ville, la plus grande d'entre toutes étant celle qui faisait office de grand marché central couvert. Mais toutes avaient en commun un certain goût artistique rappelant vaguement celui des cités de la Grèce antique et affichaient souvent un nombre respectable de hautes colonnes et des frontons ornés de bas-reliefs. Blade remarqua que, nulle part ou presque, on ne voyait d'ouvrages défensifs, preuve que le pays avait connu une longue période de paix et que la ville faisait surtout confiance à la jungle pour la protéger. Quant au port, il était défendu par deux forts érigés aux pointes du croissant resserré que formait la baie.

Et c'était sur ce paysage paisible, dominé par la masse rassurante du grand palais fortifié et virtuellement imprenable, que commençait à s'étendre l'ombre aussi invisible que menaçante des Sectateurs de Jokkun.

Bien avant le crépuscule, Blade s'était décidé à se rendre au mystérieux rendez-vous. Bien sûr, le simple bon sens lui soufflait de se méfier comme de la peste de ce qui pouvait bien se révéler comme un grossier traquenard. Mais Blade, que son bref séjour à la Triade de Sargho avait désagréablement impressionné, était maintenant fermement décidé à en savoir plus sur les Sectateurs à tête de mort. Ce qui nécessitait forcément de prendre quelques risques...

En entrant dans le quartier du port, Blade pénétra dans une zone où la propreté n'était pas un des soucis dominants chez les habitants : ici, les rues étaient étroites, mal pavées et traversées par des égouts à ciel ouvert; les toits des maisons mal entretenues se touchaient presque entre eux et le manque chronique d'aération provoquait un effet de serre assez nauséabond.

Blade dut se frayer un chemin au travers d'une populace affairée et pas toujours reluisante avant de déboucher enfin sur le port, entre deux entrepôts de briques sombres. Le tissu luxueux de ses vêtements et de son manteau attiraient des regards envieux, mais son air décidé et sa carrure impressionnèrent suffisamment coupe-jarrets et prostituées de bas étage pour qu'il puisse arriver aux quais sans histoire.

Là, se posa alors le problème de trouver l'antre de Narghil le Borgne...

Comme l'heure était déjà bien avancée, Blade choisit la méthode la plus rapide et entra dans un bouge dissimulé derrière un amoncellement de tonneaux et de jarres de terre cuite. L'odeur abominable issue d'un mélange contre nature de graillon, de sueur et de crasse le surprit désagréablement au seuil de la porte. Un véritable cumulus de fumée stagnait, pris au piège, entre les murs sales et gras du bouge.

La plupart des conversations s'arrêtèrent net à l'entrée de Blade en raison de son aspect déplacé en ce lieu de corruption et de débauche, aussi bien morale que physique. Mais Blade ne se laissa pas impressionner et repoussa d'un coup de botte un clochard difforme qui s'accrochait au bas de son manteau. Il avisa alors, au travers de la fumée, une serveuse vêtue uniquement d'un cache-sexe taché et s'approcha d'elle en ignorant les regards des convives douteux qui formaient la quasi-totalité de la clientèle.

— Je cherche Narghil le Borgne, jeta

Blade juste assez fort pour couvrir le bruit des conversations qui reprenaient déjà.

— Tu n'as qu'à demander ça à la milice de Dosso ! répliqua la serveuse avec une voix bizarre.

Intrigué, Blade baissa rapidement les yeux vers le cache-sexe et s'aperçut que celui-ci était bien trop renflé : la « serveuse » devait être en réalité un travesti...

Sans prévenir, la main gauche de Blade arracha d'un seul coup la pièce de toile sale et son propriétaire sentit soudain le contact froid d'une lame contre son pénis recroquevillé.

— J'ai aussi peu de temps que de patience à te consacrer..., fit Blade sur un ton menaçant. Alors, tu me réponds ou je te coupe ce que les autres ont oublié la dernière fois. Compris ?

La « serveuse » eut un haut-le-corps et faillit lâcher le pichet de vin qu'elle avait à la main. La lame de Blade se fit plus pressante.

— A trois entrepôts d'ici, sur la gauche... C'est le magasin de voiles, souffla le travesti.

Blade hocha la tête et rengaina son couteau avant de sortir. Sa victime cracha derrière lui sous les rires de quelques clients éméchés, mais il ne daigna pas même se retourner.

La nuit s'annonçait à peine mais Blade préféra opérer une première reconnaissance, que ses riches vêtements empêchèrent d'être vraiment discrète. Il remonta le quai auquel étaient amarrés de nombreux gros voiliers ventrus dont les équipages semblaient passer le plus clair de leur temps à insulter les débardeurs du port et finit par arriver devant la première d'une rangée de boutiques en bois installées entre deux entrepôts sinistres. Si la « serveuse » du bouge n'avait pas menti, c'était là que le fameux Narghil lui avait donné rendez-vous.

Blade examina rapidement l'étalage de voiles que vomissait la boutique à la devanture branlante puis passa son chemin après avoir également scruté les environs. Il lui restait bien une bonne heure avant que la lune se lève...

Cette heure, Blade la passa en partie dans une autre boutique tenue par un vieillard bossu à la politesse trop sucrée pour être totalement sincère. Là, il échangea son accoutrement de nouveau riche contre une veste de cuir élimée et un pantalon de rencontre, le tout bouclé par une grosse ceinture de cuir qui avait dû faire le tour du continent avant d'aboutir à la taille de Blade. Sans chercher à comprendre, le vieux grigou procéda à l'échange et souhaita l'aide d'un certain nombre de dieux à son client lorsque celui-ci s'apprêta à ressortir de son magasin.

Une fois dehors, Blade se rendit compte avec soulagement qu'il passait totalement inaperçu parmi la faune du quartier et retourna aux quais par un autre chemin. Narghil le Borgne, qui l'avait sûrement aperçu un peu plus tôt, s'attendait maintenant à la visite d'un noble quelconque et Blade espérait bien profiter au maximum de l'effet de surprise né de sa transformation vestimentaire.

Il attendit donc patiemment que se lève la lune avant de s'approcher discrètement de l'alignement de boutiques branlantes que quelques lampes à huile tentaient de soustraire à l'obscurité de plus en plus épaisse.

Narghil n'avait pas encore rentré son étalage de voiles. Blade suivit un petit groupe de débardeurs qui allaient dans sa direction, qu'il quitta comme une ombre à hauteur de la boutique pour se faufiler au travers des énormes toiles soigneusement pliées.

Il stoppa à l'entrée plongée dans l'ombre, jeta un rapide coup d'œil à l'intérieur et fonça en se glissant entre les caisses et ballots qui encombraient la boutique. En entrant, il avait aperçu au fond, une petite pièce vaguement éclairée par une lampe à huile et il se dirigea à pas de loup dans cette direction.

Il était à mi-chemin lorsque son oreille capta un bruit suspect en provenance du magasin plongé dans le noir. Immédiatement, son instinct lui souffla qu'il était bel et bien tombé dans un traquenard et il entreprit de tenter de sortir, sans se faire trop d'illusions sur ses chances de réussite.

Il recula en souplesse en direction du rectangle vaguement éclairé par la lune qui matérialisait la sortie. Mais, à peine avait-il entamé son mouvement de retraite que quelqu'un referma la porte. Cette fois-ci, il était coincé !

Blade, le couteau bien en main, se tassa contre une grosse caisse aux planches rugueuses et essaya de repérer son ou ses adversaires à l'oreille. Au bout de quelques secondes, il entendit un faible bruit traînant qui se dirigeait vers lui, en provenance du fond de la boutique.

Il laissa son adversaire invisible s'approcher encore un peu plus près de lui. Puis, d'un seul coup, il se leva et fonça. Il tomba presque tout de suite sur une forme enveloppée dans un manteau noir et y planta son couteau, sans chercher à comprendre. L'homme poussa un cri étouffé et commença à se débattre. Blade dut le poignarder encore à deux reprises avant qu'il ne s'effondre pour de bon.

Une autre ombre — probablement l'homme qui avait refermé la porte — surgit alors derrière lui. Au dernier moment, Blade parvint à dévier la trajectoire de la hache qui cherchait sa chair mais le choc le propulsa en arrière et il tomba sur le sol, heureusement sans lâcher son couteau. Il parvint à se relever à la vitesse de l'éclair et jeta un ballot de tissu sur son adversaire, ce qui lui donna le temps de filer hors de portée. Ce mouvement l'amena devant la porte entrebâillée de la petite pièce du fond. Il eut juste le temps d'y jeter un bref coup d'œil avant que l'homme à la hache ne tente à nouveau de se jeter sur lui. Blade esquiva encore le coup. Ses yeux perçurent alors un autre mouvement dans les ténèbres et il repéra ainsi un troisième tueur.

Cette fois, une sorte de rage s'empara de lui et il se jeta sur l'homme à la hache. Son couteau rencontra de la chair et la nuit fut traversée par un cri de douleur. L'autre lâcha la hache qui tomba aux pieds de Blade. Sans plus se préoccuper de son agresseur, Blade empoigna l'arme et l'expédia de toutes ses forces dans la direction de la troisième ombre. Un hurlement atroce lui apprit qu'il avait fait mouche.

Délivré de ses trois agresseurs, Blade ne demanda pas son reste et fonça vers la porte en renversant tout sur son passage. D'un coup d'épaule, il fit littéralement exploser le battant de bois peu solide et se retrouva sur le quai.

Il lui fallait voir Colwynn au plus vite, non seulement pour lui dire qu'on lui avait tendu un traquenard, mais aussi que c'était sans aucun doute le visage de mort d'un Sectateur de Jokkun qu'il avait entraperçu derrière la table où s'étalait le cadavre égorgé de feu Narghil le Borgne.

CHAPITRE VI

Blade eut toutes les peines du monde pour convaincre la garde du palais de le laisser entrer et il ne dut qu'à l'intervention d'un des responsables de la milice — qui était au banquet la veille et l'avait reconnu — de ne pas être jeté dehors. Trouver Colwynn lui prit encore une bonne partie de la soirée car l'approche de ses noces avec Dosso la contraignait à de nouvelles obligations. Finalement, lorsque la jeune femme arriva au rendez-vous fixé par l'intermédiaire d'une esclave, ce fut pour apprendre à Blade qu'elle et Dosso devaient partir le lendemain matin pour la capitale de Dusan, Tuzala.

— Voilà qui ne m'arrange pas..., fit Blade à la fois surpris et déçu.

— Et pourquoi donc ?

Blade raconta alors brièvement à Colwynn ce qui venait de lui arriver sur le port.

Quand il eut terminé, il s'aperçut que la Dusanienne était blême d'une rage contenue.

— Je vais faire parler tous les esclaves

attachés à ton service ! Et, crois-moi, nous avons des bourreaux qui savent y faire !

Blade l'arrêta d'un geste.

— C'est inutile. Je suppose que celui qui m'a fait passer le message a déjà disparu et je ne tiens pas à ce que Dosso sache à quel point tu es de mon côté... Ceci dit, je ne suis même pas sûr que ton futur époux soit impliqué dans cette tentative d'assassinat. Après tout, les Sectateurs ont très bien pu agir sans rien lui dire grâce aux contacts qu'ils semblent avoir à Rokuro.

— Mais pourquoi les Sectateurs t'en voudraient-ils autant ? s'étonna Colwynn.

Blade eut un petit rire bizarre.

— Au moins pour une question de principe car j'ai réussi à leur soustraire une victime en plein sacrifice et, ensuite, j'ai aggravé mon cas en réussissant à m'échapper. Mais je crois aussi qu'ils ont dû comprendre d'une manière ou d'une autre que je constituais un danger pour eux...

Colwynn s'approcha de lui et se serra contre sa poitrine. Blade put alors sentir l'odeur excitante de son parfum et dut faire un effort sur lui-même pour ne pas céder à la tentation. Soudain, la jeune femme desserra son étreinte et il vit s'allumer à nouveau une flamme de colère dans ses grands yeux bleus.

— Je sais ce que nous allons faire ! Tu vas venir avec nous à Tuzala...

Blade fronça les sourcils.

— Pour quoi faire ? Et comment comptes-tu expliquer ma présence à Dosso ?

— Dosso sera ravi de pouvoir te surveiller de près et pendant qu'il ira voir le roi qui l'a fait mander d'urgence, nous irons discrètement parler de tout ça à mon lointain cousin Waldar qui est le préfet militaire de l'île de Tuzala elle-même. Lui seul peut nous aider...

Colwynn avait eu raison au sujet de la méfiance de Dosso car, aux premières lueurs de l'aube, un esclave informa Blade qu'il avait une heure pour se préparer à partir pour la capitale en compagnie du maître des lieux et de sa future Première Epouse.

Avec le lever du globe orangé du soleil surgissant au-dessus de la ligne sombre et lointaine des hautes terres, le petit cortège seigneurial s'ébranla en direction d'un bâtiment allongé qui s'élevait au sud-ouest de la ville, pratiquement à la limite de la jungle. Là, Blade découvrit que les Dusaniens connaissaient une forme primitive de chemin de fer à traction animale.

Profitant de ce que leurs deux montures étaient proches l'une de l'autre, Colwynn expliqua à Blade que la mer était particulièrement traîtresse entre Rokuro et Tuzala et qu'il était à la fois plus rapide et plus sûr d'emprunter ce moyen de locomotion uniquement réservé au service du Seigneur de Rokuro.

Le « train » était composé de trois grosses voitures ressemblant à de luxueuses roulottes dont les quatre roues cerclées de fer étaient guidées par des rails primitifs. Un fourgon à bagages et deux petites plateformes transportant des archers et installées à chaque extrémité du convoi complétaient le tout. La traction, quant à elle, était assurée par dix chevaux disposés deux par deux entre chaque voiture et protégés, par un système de grillage métallique serré, contre une éventuelle attaque.

— La jungle n'est pas toujours sûre, expliqua Dosso à son invité de dernière minute au moment où le convoi sortait lentement de l'enceinte de la ville pour s'engouffrer dans la saignée creusée dans le manteau vert de la forêt équatoriale. Des tribus insoumises y vivent encore et ceci, sans compter un certain nombre d'animaux sauvages assez dangereux... Mais dans deux jours, si tout se passe bien, nous serons en vue de l'île de Tuzala !

Blade hocha la tête sans répondre et but une gorgée de l'excellent vin que le maître de Rokuro venait de faire servir dans sa voiture pour fêter leur départ. Puis, il parut s'abîmer dans la contemplation de la jungle qui défilait devant la fenêtre ouverte, à peine dérangée par le bruit grinçant des roues cerclées de fer sur les rails à l'écartement quelquefois incertain.

*
* *

Construite en grande partie sur une immense lagune qui rongeait tout le sud de la grande île où elle avait élu domicile, Tuzala reposait presque en totalité sur une forêt de piliers en pierre renforcée de métal. Blade fut étonné de constater que les Dusaniens aient été capables dans leur passé d'édifier une telle construction qui demandait de très grandes connaissances en matière d'architecture. L'ensemble du tablier était entouré d'un mur d'enceinte peu élevé et d'immenses grilles pouvaient interdire totalement l'approche d'un ennemi venu de la mer et protégeaient ainsi l'ensemble des piliers plongeant dans les eaux saumâtres de la lagune reliée au large par plusieurs canaux. Par nécessité, toutes les constructions de Tuzala étaient les plus légères possible et le bois y était abondamment utilisé. La seule exception était la forteresse centrale érigée sur un piton rocheux qui surgissait de la lagune et autour duquel rayonnait tout le tablier de la ville. Là, les Dusaniens avaient produit un chef-d'œuvre d'architecture militaire : les murailles de pierre lisse montaient sur une cinquantaine de mètres au-dessus des toits et formaient une enceinte presque circulaire au centre de laquelle, telle une flèche de cathédrale, jaillissait le donjon central culminant, lui, à presque cent cinquante mètres au-dessus du niveau de la mer. Des balistes et arbalètes géantes étaient disposés à intervalles réguliers sur des plate-formes fortifiées construites à intervalles réguliers à l'intérieur même de l'enceinte et qui seraient capables d'écraser sous leurs coups un ennemi qui aurait réussi à prendre pied dans la ville. Et c'était sans compter les armes du même type qui défendaient le pourtour du tablier contre un éventuel agresseur venu de l'extérieur...

Paradoxalement, Waldar, le préfet militaire, avait son QG au cœur de Tuzala et non derrière les murs imprenables de la forteresse.

— Je suis plus proche de la population ici, expliqua-t-il à Blade en lui faisant signe de s'asseoir.

C'était un homme plutôt grand mais noueux comme un vieil arbre, à tel point qu'il semblait flotter dans ses vêtements très stricts de coupe et d'apparence. Il devait avoir une cinquantaine d'années et l'éclat de ses yeux en perpétuel mouvement démentait l'impression bonasse qu'il voulait visiblement donner à son visiteur.

— Je n'ai pas beaucoup de temps, mon cousin, intervint alors Colwynn et j'aimerais que nous en venions tout de suite au fait...

Waldar hocha la tête en fronçant les sourcils et une ombre passa sur son visage aux traits marqués.

— Je dois avouer que le message que tu m'as fait porter était aussi pressant que dépourvu de détails. Alors, de quoi s'agit-il, belle enfant ? Au fait, j'ai entendu dire que tu avais été enlevée par des pirates de l'Archipel de la Mort Noire ?

Colwynn poussa un soupir agacé.

— C'est justement de ça que nous sommes venus te parler... Premièrement, je dois la vie à cet homme, Richard Blade. Deuxièmement, je n'ai pas été enlevée par des pirates mais par des Sectateurs de Jokkun qui voulaient se venger de Dosso qui avait fait écarteler trois des leurs pour des raisons que j'ignore !

— D'après mes renseignements, il n'avait fait qu'appliquer la loi qui punit de mort tout Sectateur surpris dans notre pays, la coupa Waldar.

La jeune femme se mordit les lèvres et se rapprocha de son cousin vêtu de noir et blanc.

— Eh bien, tu n'es pas aussi bien renseigné que tu le crois, souffla-t-elle, car Dosso est en relation constante avec la Triade de Sargho et je peux même te dire qu'il y a des Sectateurs embusqués dans Rokuro elle-même ! Raconte-lui, ajouta-t-elle en se tournant vers Blade.

Celui-ci résuma du mieux qu'il pouvait sa mésaventure sur les quais. Waldar l'écouta sans jamais l'interrompre en donnant l'impression que son esprit tournait à toute vitesse derrière ses yeux fixés sur son invité.

— Voilà qui est très grave..., dit le préfet

sur un ton méditatif une fois que Blade eut terminé. Surtout dans la conjoncture actuelle.

Il regarda Blade et Colwynn l'un après l'autre et ceux-ci se rendirent compte que les traits de leur hôte s'étaient brusquement tirés, comme sous l'effet d'une émotion intense.

— Qu'est-ce que vous entendez par là ? fit soudain Blade. Qu'est-ce que c'est que cette histoire de... conjoncture ?

Il y eut un bref silence.

— Savez-vous pourquoi le roi Benhgarn a fait mander Dosso et tous les autres Seigneurs de Dusan ?

Devant la négation muette de ses deux invités, Waldar continua :

— La Province de Glaaken est entrée en sécession ouverte contre le reste de la Fédération de Malkar. Les représentants du gouvernement central ont été massacrés dans toute la province et une équipe d'officiers a pris le pouvoir à Segaki, la capitale.

Blade essaya de se souvenir du tableau politique que lui avait dressé Colwynn.

— Si je comprends bien, il se pourrait donc que le fragile équilibre de toute cette partie de votre monde soit en danger, n'est-ce pas ?

— Evidemment ! s'exclama le préfet. Glaaken est, de loin, la province la plus riche de toute la Fédération de Malkar et, d'après nos renseignements, cette sécession a pris en quelques jours l'ampleur d'une vraie guerre qui mobilise toutes les forces de Malkar.

— Qui devient ainsi un allié sur lequel on ne peut plus guère compter..., fit Colwynn.

— D'où cette convocation d'urgence de tous les dirigeants du pays, y compris de Qerybn, le *Djahri* de la Cité des Sables dont le sort est lié au nôtre.

— Si mes maigres connaissances sont exactes, dit alors Blade, je crois me souvenir que la Province de Glaaken est la plus orientale de la Fédération et qu'elle a une large frontière commune avec le Pays de Tarak... N'y aurait-il pas la main du fameux Nyss-ab-Xerg derrière cette sécession ?

Le préfet fit quelques pas, l'air songeur.

— C'est fort probable. De toute façon, cette situation lui est particulièrement favorable et il se pourrait qu'il en profite pour nous attaquer. Avec de larges chances de succès car, sans Malkar pour nous épauler, nous risquons fort d'être balayés par les Tarakis... Vous comprendrez donc aisément que nous n'avions pas besoin par-dessus tout ça de découvrir que le plus puissant Seigneur de Dusan avait partie liée avec ces démons de Sectateurs de Jokkun !

Blade quitta son siège et alla s'appuyer contre la lourde table de marbre noir qui servait de bureau au préfet et fixa celui-ci, le visage soudain grave.

— Ceci d'autant plus que les épouvantails

de la Triade de Sargho sont, paraît-il, au mieux avec le dictateur du Pays de Tarak.

Waldar acquiesça, l'air préoccupé.

Donc, si Dosso est en cheville avec eux, pour quelque raison que ce soit, il me semble extrêmement dangereux de lui dévoiler vos plans, continua Blade en quittant l'appui de la table. Je crois qu'il faudrait d'ores et déjà le considérer comme un espion à la solde de l'ennemi...

Waldar n'eut besoin que d'une fraction de seconde pour prendre sa décision.

— Je vais immédiatement le faire arrêter ! Et vous allez m'aider à convaincre le roi que j'ai raison d'agir ainsi !

CHAPITRE VII

Le roi Benhgarn était un petit vieillard alerte qui semblait toujours prêt à s'effondrer sous le poids des bijoux et chaînes en or qui recouvraient une bonne partie de ses vêtements de soie bleu nuit. Lorsque Waldar fut parvenu à lui, accompagné de Blade et Colwynn, il comprit en quelques instants la gravité de la situation et ordonna à son préfet de faire arrêter Dosso.

— Eh bien, voilà une bonne chose de faite..., soupira Colwynn.

Le roi s'approcha d'eux et les pris ensemble par les épaules.

— Je crois que le pays va vous devoir une fière chandelle, mes enfants ! fit-il de sa voix éraillée mais ferme. Et j'espère que ce traître va parler !

— Dans mon pays, répondit Blade, il y a un proverbe qui dit qu'il ne faut pas vendre la peau de l'ours avant de l'avoir tué...

Le roi hocha la tête.

— Je ne sais pas ce qu'est un ours mais je vois parfaitement ce que tu veux dire.

*
* *

Lorsqu'on l'informa de l'arrivée au palais royal du préfet militaire accompagné de Colwynn et de l'étranger, Dosso comprit sur-le-champ qu'il allait avoir des ennuis. Il se maudit d'avoir eu l'imprudence de laisser la vie sauve à ce Richard Blade — il n'avait pourtant guère pu faire autrement dans la mesure où cet inconnu surgi de nulle part aurait été bien plus difficile à faire disparaître que ce rustre de Brinns et ses hommes — pour ne pas donner de soupçons à sa future Première Epouse.

Mais, et c'était encore plus grave, ce retournement de situation n'allait pas non plus arranger ses affaires avec les Sectateurs de Jokkun...

Il avait fait écarteler trois des cinq Sectateurs qui résidaient clandestinement à Rokuro pour leur montrer qu'il n'appréciait vraiment pas certaines de leurs incursions dans ses affaires personnelles et la Triade de Sargho avait répondu en enlevant sa fiancée, que ce Richard Blade avait sauvé de justesse. Après cet échange d'amabilités, une sorte de trêve s'était établie entre eux, car les Sectateurs avaient trop besoin de son appui pour se débarrasser de lui au dernier moment... Et maintenant que le plan était en marche, voilà que son double jeu était découvert !

Au moment même où Waldar exposait ses conclusions au souverain de Dusan, Dosso sortit le plus discrètement possible de la grande forteresse et se dirigea vers le plus proche accès au port qui s'étendait sous l'immense tablier de la ville.

En arrivant sur les quais encombrés de marchandises et surplombés par la masse écrasante du tablier, Dosso prit la direction du port de pêche où l'attendait un bateau du même type que ceux qui avaient ramené Blade et Colwynn de la Triade de Sargho. Vaguement camouflé en chasseur de reptiles marins géants, le navire effilé venait se mettre à quai à Tuzala chaque fois que Dosso y résidait et restait paré pour un départ rapide.

Son capitaine aperçut le Seigneur de Rokuro de loin et comprit qu'il allait enfin devoir justifier le salaire élevé qu'il touchait depuis des années pour pas grand-chose... Il se retourna et cria aux rameurs de s'installer en vitesse sur leurs bancs, puis ordonna à deux matelots de commencer à larguer les amarres. Lorsque Dosso se présenta à la passerelle, tout était paré pour l'appareillage.

— Vite ! jeta le Seigneur de Rokuro. Si tu n'es pas en mer avant une demi-heure, je ne donne pas cher de nos vies !

Le capitaine, qui en avait vu d'autres, se

contenta d'acquiescer et hurla aux matelots de repousser le bateau loin du quai. Une fois cette manœuvre exécutée, les avirons purent plonger dans les eaux noires et gluantes du port et le navire se dirigea vers la sortie en louvoyant au milieu des innombrables bateaux qui encombraient les chenaux.

Dosso leva les yeux vers le tablier qui étendait son ciel de pierre et de métal à plus de cinquante mètres au-dessus d'eux et eut subitement l'impression de scruter un immense piège capable de l'écraser d'une seconde à l'autre. Puis son regard redescendit et il vit avec soulagement se profiler au loin la plus proche des deux sorties du port délimitée par les énormes grilles métalliques plongeant dans la mer. Si les dieux ne l'abandonnaient pas, ils seraient dehors avant que ce maudit préfet ait eu le temps de faire tirer les deux gigantesques grilles mobiles qui pouvaient isoler totalement le port de la capitale en cas de danger.

*
* *

Waldar entra brusquement dans la salle d'audience royale, seul. Rien qu'à voir l'expression de son visage, Blade devina ce qui venait de se passer.

— L'oiseau s'est envolé, n'est-ce pas ?

Le préfet eut un soupir.

— C'est cela... Je viens d'ordonner la fermeture du port et de toutes les issues de la ville. En espérant que ce n'est pas déjà trop tard !

Les yeux de Blade firent le tour de la salle d'audience dont les murs de marbre beige veiné de bleu affichaient une sobriété de décoration qui donnait un air quelque peu glacial à l'endroit. Décidément, ce Dosso n'était pas tombé de la dernière pluie...

— Tu avais donc raison au sujet de... l'ours, fit le roi Benhgarn en tapant sur l'épaule de Blade. Mais souviens-toi que même le plus rusé des animaux finit par tomber un jour ou l'autre dans les filets des chasseurs.

Blade allait répondre lorsqu'un homme essoufflé se présenta à la porte de la salle. Waldar se précipita vers lui :

— Halzorph ! Parle !

Le dénommé Halzorph s'inclina brièvement devant le roi avant de se retourner vers le préfet.

— Les grilles du port ont été fermées dès que vous l'avez ordonné. Mais il semble qu'on s'y soit pris trop tard car les vigies du port affirment avoir vu partir quelques instants avant, un chasseur de serpent de mer à l'allure suspecte. Il paraît qu'il filait à toute vitesse vers le large et l'un des gardes dit avoir aperçu sur le pont un homme dont le signalement se rapprocherait de celui du Seigneur de Rokuro !

En entendant cela, Blade se précipita vers le préfet :

— Avez-vous un navire prêt à appareiller immédiatement ?

Ce fut Halzorph qui répondit :

— Oui. Nous avons toujours plusieurs petites galères en état d'alerte. Je vais d'ailleurs demander l'autorisation d'en faire appareiller une...

— Parfait ! s'exclama Blade. Conduisez-moi au bateau, je vais aller moi-même chercher notre ami Dosso !

Colwynn fit un pas en avant.

— Je viens avec toi !

— C'est hors de question, répliqua Blade. Tu n'as pas l'habitude de combattre et je ne tiens pas à ce que tu risques quoi que ce soit...

Une heure plus tard, la galère — dont Blade s'était vu confier le commandement sur ordre exprès du préfet militaire — fonçait avec force coups d'avirons dans la direction prise par le navire de Dosso. Par bonheur, les fugitifs n'avaient pas pris assez d'avance pour disparaître au-delà de la ligne d'horizon et l'homme de vigie, perché en haut de l'unique mât de la petite galère pouvait parfaitement distinguer le gros point sombre sur la surface luisante de la Mer Intérieure.

Vovkko, l'ex-capitaine du navire, proposa à Blade de venir s'asseoir dans sa cabine.

— Ça ne sert à rien de rester sur le pont,

dit l'imposant marin à la figure barrée par une longue cicatrice qui lui entamait le nez, autant rester ici au frais en attendant qu'on les rattrape !

— Si ce n'est pas fait à la tombée de la nuit, nous les perdrons sûrement..., répondit Blade.

Vovkko haussa les épaules avec un air tranquille.

— Ne vous inquiétez pas comme ça, on les aura avant le crépuscule ! Leur barcasse est sacrément rapide mais cette galère est ce qu'on fait de mieux dans tout le monde connu ! Et, même si je dois crever mes rameurs, je vous promets qu'ils verront nos grappins s'accrocher à leur coque avant de pouvoir profiter de la nuit pour nous filer entre les doigts !

Le Dusanien n'avait pas parlé à la légère car le bateau fugitif — qui avait hissé sa voile pour profiter de la brise favorable — grossit peu à peu au fur et à mesure que passaient les heures et, au moment où le soleil commença à descendre vers l'horizon, il fut si près de la proue de la galère, que Blade put clairement distinguer la silhouette du Seigneur de Rokuro qui invectivait ses propres rameurs dans le fallacieux espoir de parvenir à s'échapper.

Quelques minutes plus tard, le baliste installé sur le gaillard d'avant de la galère expédia un projectile enflammé qui manqua de peu sa cible. Le navire ennemi fit une embardée et continua sa course.

Blade fit signe à Vovkko d'attendre un peu avant de tirer à nouveau. L'espace séparant les deux bateaux fonçant de toute la puissance de leurs avirons continua à diminuer progressivement. Sur l'ordre de Blade les servants du baliste tirèrent une nouvelle fois.

Le projectile traversa l'air surchauffé comme une minuscule comète traînant derrière elle une queue de feu et alla tomber en plein milieu des bancs de nage ennemis. L'effet fut immédiat : la moitié de la quarantaine de rameurs lâchèrent sur-le-champ leurs avirons, en poussant des hurlements de douleur et de terreur et tentèrent d'échapper aux flammes qui jaillissaient parmi eux.

L'allure du navire se brisa aussitôt. Vovkko fit amener sa voile et baisser la cadence de sa chiourme pour ne pas dépasser leur adversaire. Les servants du baliste en profitèrent pour expédier successivement deux autres coups au but qui déclenchèrent un début d'incendie à l'avant du bateau fugitif dont les avirons s'immobilisèrent les uns après les autres laissant la coque courir sur son erre. Quelques archers tirèrent en direction du navire de Blade mais la plupart de leurs traits se perdirent dans la mer.

Dosso et ses hommes s'apprêtaient visiblement à soutenir l'abordage qui allait suivre lorsque le feu qui ravageait une partie des bancs de nage se communiqua brusquement à la voile rectangulaire qui n'avait pas été amenée. Immédiatement, le mât se transforma en une énorme torche et une pluie de morceaux de tissu enflammés commença à tomber sur toute la longueur du pont, réduisant encore un peu plus les chances des fugitifs.

Vovkko fit rentrer ses avirons et la galère continua sur son erre jusqu'à se retrouver bord à bord avec l'autre bateau en feu.

— N'oublie pas qu'il me le faut vivant ! jeta Blade au Dusanien balafré au moment où les grappins volaient vers leurs adversaires.

Vovkko répondit d'un signe de la tête et poussa le cri de guerre préludant à l'abordage. Une cinquantaine d'hommes armés de couteaux, de haches et de sabres se ruèrent vers le bateau de Dosso. L'incendie avait tellement désorganisé les défenses de celui-ci que les marins de Vovkko ne rencontrèrent guère de résistance et exterminèrent en un clin d'œil ceux qui tentaient de leur résister. Finalement, Dosso se retrouva seul, bloqué à l'avant de son bateau.

Blade s'avança vers lui, le sabre à la main et remarqua que le Seigneur de Rokuro n'avait rien perdu de sa superbe, malgré sa situation désespérée.

— Rends-toi ! dit Blade à haute voix. Si tu

coopères avec nous, il se pourrait que le roi soit assez clément pour te laisser la vie sauve.

Dosso le fixa droit dans les yeux puis éclata de rire.

— Je connais la clémence de cette vieille girouette ! s'écria-t-il avec hargne. Aussi je préfère quitter la scène tout de suite !

Et, avant que Blade ait eu le temps d'intervenir, Dosso tira un poignard de sa ceinture et se le planta droit au cœur.

Blade regarda le corps de son ennemi basculer en avant et tomber sur le pont avec un bruit sourd. Le principal maillon de la chaîne avec les mystérieux événements qui se tramaient dans la région venait de se briser...

Il sentit soudain la poigne de Vovkko se poser sur son épaule.

— On a fait ce qu'on a pu..., murmura le marin avec une certaine compassion dans la voix. Les dieux ne voulaient pas qu'il tombe entre nos mains, c'est tout !

Blade se demanda alors ce que pouvaient bien avoir les dieux dans la tête... Surtout celui qui avait pour nom Jokkun.

— Qu'est-ce qu'on fait ? le questionna Vovkko.

— On met les prisonniers et les blessés dans ta galère et on quitte ce rafiot avant de griller avec ! lâcha Blade après avoir jeté un dernier coup d'œil au cadavre de Dosso.

C'est alors que la vigie cria que deux voiles

étaient en vue sur le fond du ciel illuminé par le disque orangé du soleil couchant.

Une demi-heure plus tard, Vovkko vint dire à Blade que c'étaient sans doute des pirates de l'Archipel de la Mort Noire.

CHAPITRE VIII

La galère se dégagea au plus vite de la proximité du navire déjà à moitié consumé et se mit en position pour affronter ce nouveau péril. Il était inutile de tenter de fuir : les deux pirates avaient le vent pour eux et leurs rameurs étaient sûrement en meilleure forme que ceux du navire dusanien, épuisés par leur longue course-poursuite. Blade laissa donc Vovkko s'occuper de mettre son bateau en ordre de bataille et réussit à convaincre les survivants de l'équipage de Dosso de combattre à leurs côtés contre la promesse de retrouver la liberté s'ils réussissaient à se tirer de ce guêpier.

Dès les premières minutes du combat, Blade comprit qu'ils n'avaient pratiquement aucune chance de s'en sortir. Les deux galères pirates amenèrent leurs grandes voiles triangulaires noires lorsqu'elles furent à portée de tir. Vovkko hurla aux servants du baliste d'ouvrir les hostilités et un gros projectile enflammé s'éleva dans les airs pour retomber à quelques mètres seulement de la proue aiguisée du pirate le plus proche, provoquant un bref bouillonnement dans l'eau.

La réplique des deux galères aux voiles noires ne se fit pas attendre. Une paire de boulets fila en sifflant vers le navire dusanien ; ils firent tous les deux mouche, brisant net la barre et ravageant plusieurs rangs de rameurs.

La petite galère, privée de gouvernail, était touchée à mort. Elle devint une cible immobile pour les pirates. Ceux-ci encaissèrent un coup au but, qui provoqua un début d'incendie vite maîtrisé, mais réduisirent un peu plus tard au silence le baliste par un boulet bien placé qui fit littéralement exploser la grosse arme de jet en bois. L'heure qui suivit tint plutôt du jeu de massacre que de toute autre chose... Les boulets plurent sur le bateau dusanien incapable de se protéger et de répliquer et tuèrent ou estropièrent une bonne partie de l'équipage. Les pirates, soucieux de préserver leur proie, se gardèrent bien d'utiliser des projectiles incendiaires.

Puis, alors que le disque rouge-orange du soleil commençait à s'enfoncer derrière l'horizon scintillant de la Mer Intérieure, le bombardement cessa.

Les deux vaisseaux pirates se rapprochèrent lentement, prenant la galère en étau.

Vovkko, qui avait été blessé au bras par un éclat de bois, vint rejoindre Blade sur le gaillard d'arrière à moitié défoncé.

— J'espère que vous ne comptez pas vous rendre à ces chiens de mer! murmura-t-il.

Blade tourna vers lui un visage fatigué.

— Parce que tu vois une meilleure solution ? Nous sommes pris au piège et si nous résistons, ce sera inutile et sans espoir. Alors, pourquoi provoquer encore d'autres morts chez nous ? Je dois t'avouer que j'ai mon content de massacre pour aujourd'hui...

Le marin dusanien le regarda comme s'il venait de dire une énormité.

— Mais on ne peut pas se laisser embarquer par eux comme du bétail ! L'esprit de mes ancêtres va se voiler la face si je commets une telle lâcheté !

Une vague d'impatience s'empara de l'esprit de Blade.

— Ecoute-moi bien, Vovkko. Jusqu'à preuve du contraire, c'est moi qui commande encore ce navire et tu feras ce que je te dirai, compris ?

Le Dusanien balafré se raidit.

— Je préfère mourir plutôt que d'être vendu comme esclave à Tarak !

— Alors jette-toi à l'eau maintenant et ne m'ennuie plus avec ce sujet ! s'exclama Blade au comble de l'énervement.

Le capitaine ne répondit rien et, au bout d'un instant de silence tendu, redescendit sur le pont et cria aux hommes de ne pas résister aux pirates qui étaient à un jet de pierre de leur proie immobilisée.

Quelques instants plus tard, des grappins se fichèrent dans le bois de la galère et les pirates se ruèrent à l'abordage avec des hurlements sauvages. Plusieurs Dusaniens périrent avant que les agresseurs comprennent qu'il n'y aurait pas de résistance...

Bien d'autres subirent rapidement le même sort, à commencer par tous les blessés qui furent immédiatement achevés. Vovkko ne dut son salut qu'à sa carrure d'athlète et au peu de gravité de son entaille au bras. Une fois que les pirates eurent fait le tri, il ne resta plus qu'une trentaine de Dusaniens vivants parmi lesquels se trouvait Blade.

Quant à la galère, elle fut vidée de tout ce qui pouvait avoir de la valeur et abandonnée telle quelle aux caprices de la mer, les pirates ayant estimé qu'elle était finalement trop endommagée pour être remorquée.

Juste avant d'être poussé dans la cale, Blade put jeter un dernier coup d'œil dehors et vit se dessiner au loin, sur le fond de la nuit qui était tombée, la carcasse rougeoyante du navire de Dosso qui peu à peu obliquait dans le gouffre noir de la mer.

Une fois qu'ils furent enchaînés à fond de cale, les prisonniers, encore sous le choc du massacre, apprirent par leurs gardes qu'ils allaient être vendus aux barbares qui peuplaient le désert de Treptis, à trois jours de navigation au sud de Dusan.

Blade vit ses compagnons blêmir et l'un des marins ne put s'empêcher d'avoir les larmes aux yeux, déclenchant l'hilarité des gardes.

— Quand je te disais qu'il valait mieux mourir les armes à la main ! souffla Vovkko sur un ton rageur à l'oreille de Blade. Les barbares de Treptis sont les pires des tortionnaires et nous allons crever comme des bêtes dans ce satané désert rouge !

Les vaisseaux pirates s'enfoncèrent donc dans la nuit, cap au sud. Mais, le lendemain matin, sans qu'on sache pourquoi, le chef de la flottille décida de virer de bord et de faire voile vers le repaire inviolable des pirates : l'Archipel de la Mort Noire. Et lorsque les gardes apprirent la chose aux prisonniers, ceux-ci comprirent que leur sort était scellé.

— Personne n'est jamais revenu vivant de là-bas..., souffla Vovkko. Il y a quelque chose d'affreux qui tue tous ceux qui accostent sur ces terres maudites. Tous, sauf les pirates. Sais-tu que même les Sectateurs de Jokkun n'y mettent jamais les pieds ? ajouta le Dusanien qui s'était mis à tutoyer Blade depuis qu'ils avaient été enchaînés.

— Alors, ce doit être vraiment l'enfer..., se contenta de répondre celui-ci.

Remonter au nord-est vers leur nouvelle destination prit trois jours aux deux navires.

Dans l'intervalle, une dizaine de Dusaniens étaient morts dans des circonstances troublantes et Blade n'eut aucun mal à comprendre qu'ils s'étaient en fait purement et simplement suicidés de diverses manières pour échapper à ce que Vovkko appelait la Mort Noire...

Les deux galères accostèrent dans un petit port encombré de bateaux de toute sorte mais dont l'unique mission était d'écumer la Mer Intérieure. Au-delà des maisons de terre battue s'étendait un paysage mouvementé et aride. Quelques arbres noueux se détachaient sur une steppe miteuse. La première chose que remarqua Blade en mettant le pied sur le pont fut l'absence totale de fortifications autour de la petite ville, preuve que le spectre de la fameuse Mort Noire valait tous les murs d'enceinte du monde.

Un mauvais pressentiment lui souffla alors que cette histoire n'était peut-être pas qu'une légende absurde, comme il avait eu la faiblesse de le croire jusque-là.

Les Dusaniens qui débarquèrent du bateau n'étaient plus que les ombres des combattants qui s'étaient jetés à l'assaut des hommes du Seigneur de Rokuro. Même Vovkko affichait une mine tirée et on lisait clairement dans son regard que la vie, pour lui, était terminée.

La petite colonne de prisonniers, avec Blade en tête, fut poussée au travers des rues plutôt propres de la petite ville, qui s'appelait Skalys, et conduite parmi une population rendue curieuse par l'événement jusqu'à une sorte de plate-forme de terre battue sur laquelle se dressaient une centaine de poteaux hauts d'à peine deux mètres. La totalité des Dusaniens, y compris Blade y furent attachés et on les abandonna là, surveillés seulement par trois gardes indifférents. Quelques badauds vinrent leur jeter un coup d'œil et la seule chose que surprit Blade de leur conversation fut que « ça serait plus amusant demain »...

La vie du port pirate continua comme si de rien était durant le reste de la journée et personne ne se préoccupa de donner à boire ou à manger aux captifs écrasés par le soleil. La nuit ne leur apporta pas d'amélioration car ils commencèrent à souffrir de crampes douloureuses, sans doute dues à leur longue station debout. En utilisant certaines techniques de relaxation enseignées dans les Services Secrets d'où il était issu, Blade parvint à repousser les douleurs sournoises qui l'assaillaient et à gagner quelques heures de sommeil agité. Et lorsqu'il ouvrit les yeux avec le retour du jour, il s'aperçut qu'un attroupement était en train de se faire face à la plate-forme où ils étaient exposés. C'est alors qu'un des Dusaniens poussa un cri d'horreur en découvrant une grosse tache sombre qui avait envahi une partie de sa cuisse droite.

Une escouade de pirates arriva un peu plus tard sur les lieux et grimpa vers les captifs dont les vêtements furent arrachés et la nudité exposée aux regards du public qui allait sans cesse grossissant, mêlant hommes, femmes et enfants.

Dès que leurs vêtements leur furent enlevés, les prisonniers se rendirent compte qu'ils avaient tous le corps marbré de taches noires d'aspect inquiétant. Tous sauf Blade.

Les spectateurs — qui devaient maintenant dépasser largement la centaine — ne s'en aperçurent pas car Blade était attaché à peu près au milieu de ses compagnons d'infortune. Par contre, les marbrures noires de ceux-ci déclenchèrent une vague d'agitation dans ce public malsain.

Au fur et à mesure que le temps passait, les taches irrégulières prirent de l'ampleur et Blade vit que celles de ses voisins les plus immédiats commençaient à se friper, à se couvrir d'une espèce de croûte épaisse des plus répugnantes.

Les gémissements des Dusaniens assoiffés et affamés se transformèrent petit à petit en cris de douleur et d'horreur alors que l'épouvantable Mort Noire s'étendait comme une lèpre sur leurs corps desséchés par le soleil à nouveau brûlant.

Les spectateurs parurent intéressés par cette torture inhumaine et abominable qui était infligée aux prisonniers. Visiblement, ils avaient l'habitude d'assister à de telles scènes...

Lorsque le soleil atteignit son zénith, l'épouvante s'était abattue sur les captifs. Les marbrures étaient devenues d'abjects cratères suintant un liquide sombre et nauséabond qu'on ne pouvait même pas appeler du pus. Autour de ces plaies, la peau commençait à prendre une vilaine couleur violacée. Les malheureux dégageaient une odeur si abominable que Blade se cramponnait pour ne pas vomir pendant qu'il ne cessait de se demander pourquoi une telle horreur lui était épargnée.

Son voisin de droite se redressa en poussant un grognement d'animal blessé et Blade eut un haut-le-cœur en découvrant que la joue droite du marin était devenue un trou bordé d'un repli de chair noire et qui laissait apparaître les dents et la langue gonflée par la soif et la fièvre. L'homme le fixa avec des yeux épouvantés et eut un sursaut en voyant que Blade était indemne. Puis sa tête retomba d'un coup et il s'affaissa, retenu par ses chaînes. Ce fut le premier mort du sinistre spectacle.

Le temps continua à s'écouler, chaque minute étant encore plus intolérable à supporter que la précédente pour les Dusaniens. La Mort Noire prenait petit à petit possession de chaque centimètre carré de la peau de ses victimes impuissantes qu'elle transformait en d'innombrables pantins de chair boursouflée et craquelée. Un à un, les captifs moururent autour de Blade. Vovkko fut l'un des derniers à être emporté par l'ignoble affection galopante. Bientôt, Blade resta le seul prisonnier debout et devint l'objet de conversations animées parmi la foule des spectateurs que son immunité stupéfiait. Quelques instants plus tard, une escouade de pirates commandée par ce qui devait être un officier se présenta devant la plate-forme et deux soldats montèrent détacher Blade sans paraître le moins du monde incommodés par le charnier horrible qui les environnait. Une longue tunique fut jetée à Blade avant qu'on le pousse au travers de la foule maintenant silencieuse.

— J'aimerais bien savoir par quelle sorcellerie tu as échappé à la Mort Noire..., souffla l'officier.

— Où allons-nous ? lui demanda alors Blade en voyant que l'homme semblait disposé à parler.

L'officier eut un sourire qui dévoila des dents abîmées.

— Tu vas faire la connaissance de Brak le Sanguinaire... Et je te conseille d'être convaincant car il ne lui sera pas difficile d'ordonner à son Exécuteur de faire ce que la Mort Noire a refusé d'accomplir !

Blade ne répondit rien et remercia intérieurement le Ciel d'être étranger aux maladies de cet univers...

CHAPITRE IX

Contrairement au petit port de Skalys, le lieu de résidence de Brak le Sanguinaire était protégé par une enceinte, preuve que le maître de l'archipel n'avait qu'une confiance modérée en ses hommes, insensibles, eux, aux effets désastreux de la Mort Noire.

Située à plusieurs heures de cheval du littoral, et invisible depuis celui-ci, la petite place était érigée sur une colline encore plus aride que le reste de l'île et on y accédait par un chemin empierré montant en larges lacets le long du flanc pelé de la modeste hauteur.

Quant au « palais » lui-même, ce n'était qu'une grosse bâtisse rectangulaire percée de fenêtres guère plus larges que des meurtrières et haute de trois étages, le tout couronné par une ceinture de créneaux et gardée par quelques soldats.

La lourde porte en métal du bâtiment s'entrouvrit pour laisser passer Blade, qui fut immédiatement conduit devant le chef des pirates.

L'allure générale de Brak le Sanguinaire collait parfaitement à tout ce que pouvait laisser suggérer son nom.

L'homme était une montagne de muscles saillants de presque deux mètres de haut avec un visage aux traits de Mongol. Ses yeux de braise se cachaient sous d'épais sourcils aussi noirs que ses cheveux retombant jusqu'aux épaules et le bas de son visage était coupé en deux par une longue moustache dont les pointes filaient bien en dessous du menton triangulaire percé en son centre par une fossette irrégulière. Lorsque Blade fut poussé sans ménagement devant son trône orné de crânes humains, Brak le Sanguinaire eut un sourire de carnassier et frotta ses mains larges comme des battoirs contre la courte cotte de maille serrée à la taille par un lourd ceinturon de métal et de cuir. Par contre, l'inquiétant personnage revêtu d'une robe rouge foncée et dont le visage était dissimulé par un masque de cuir, qui se tenait debout derrière lui, resta aussi immobile qu'une statue maléfique. « L'Exécuteur, sans aucun doute... », songea Blade sans cesser de fixer le maître des pirates.

Les soldats se retirèrent, laissant Blade seul en compagnie de l'officier qui l'avait amené, de Brak le Sanguinaire et de son acolyte aux airs de vautour masqué. La décoration des murs de pierre nue, à base de restes humains en tout genre, ne contribua pas à rassurer Blade.

Brak le Sanguinaire se pencha soudain en avant, provoquant un bref craquement de son trône macabre.

— Relève ta tunique et tourne-toi ! jeta-t-il d'une voix grondante.

Blade haussa les épaules et obéit en essayant de ne pas penser au ridicule de sa situation.

— Ça va..., dit presque tout de suite le chef des pirates.

Blade laissa retomber le vêtement crasseux et refit face au trône.

— Ainsi, tu ne portes pas la marque... Alors, comment expliques-tu que tu ne sois pas en train de pourrir au soleil avec tes compagnons ?

Blade préféra ne pas tenter d'expliquer le phénomène d'immunité dont il bénéficiait et se contenta de prendre un air assuré, qui ne reflétait pas vraiment son état d'esprit sur le moment...

— C'est sans doute parce que je vaux bien les tiens.

L'officier se retourna d'un bond et tira son sabre. Mais Brak l'arrêta d'un geste.

— Laisse, Ragnn ! Cet étranger impudent commence à me plaire... Ton nom ?

Blade le lui dit. L'Exécuteur fit alors un pas en avant.

— Pourquoi perdre ton temps avec lui,

Brak ? Laisse-le-moi, que je m'amuse un peu avec lui.

— Assez, Khane ! aboya le chef des pirates sans se retourner. Tu as lair d'oublier qui est le maître ici !

L'Exécuteur se raidit comme s'il venait de recevoir un coup de fouet.

— *Maître* (il insista volontairement sur le titre), je ne vois pas en quoi un de ces porcs de Dusaniens peut vous intéresser...

Les yeux fourbes de Brak le Sanguinaire examinèrent Blade dans les détails.

— Cet homme n'est pas un Dusanien, et tu le sais aussi bien que moi !

Ragnn fronça les sourcils.

— Mais il n'est pas des nôtres pour autant. Il n'a pas la marque !

— Un homme qui est dédaigné par la Mort Noire a de notre sang dans les veines, répondit Brak avec un mouvement d'agacement. Donc, s'il veut avoir la vie sauve et échapper aux petites manies de Khane, il va falloir qu'il prouve qu'il est digne de notre compagnie. Et il va le faire les armes à la main...

Blade, qui faisait mine jusque-là de regarder le bout de ses pieds nus, releva la tête.

— Et qui vais-je devoir combattre ?

Brak le Sanguinaire se leva d'un seul coup et éclata d'un gros rire.

— Mais moi, Richard Blade ! Rien que moi !

***

Les deux filles qui attendaient près du grand baquet métallique rempli d'eau tiède n'étaient vêtues que d'un court pagne descendant à peine à mi-cuisses et qui ne dissimulait pas grand-chose de leur intimité dès qu'elles faisaient le moindre mouvement brusque. Bien qu'exténué par son récent supplice en place publique à Skal et par le voyage qui avait suivi, Blade sentit une petite étincelle lui parcourir les veines lorsqu'il découvrit les deux jeunes filles presque nues.

— J'espère qu'elles te conviendront, fit Ragnn avant de quitter la pièce. C'est un cadeau de Brak dont tu devrais profiter pour ta dernière nuit sur terre...

Blade ne répondit rien et attendit que l'officier soit sorti pour s'approcher des deux jeunes filles qui ne devaient pas avoir vingt ans. Elles avaient la peau bronzée et des cheveux auburn qui leur descendaient jusqu'au milieu du dos. Celle de droite lui prit la main et la posa sur un de ses seins fermes.

— Je m'appelle Waya, dit-elle avec une lueur d'amusement dans ses yeux noisette. Et elle, c'est Sevane. Nous sommes là pour nous occuper de toi avant ton combat et nous ferons en sorte que tu partes dans l'autre monde avec un bon souvenir de celui-ci...

A les entendre, il n'avait guère plus de chances de s'en sortir qu'un cul-de-jatte face à Cassius Clay. Faisant donc contre mauvaise fortune bon cœur, Blade se dit qu'il valait mieux goûter aux plaisirs de la vie pendant qu'il était encore temps. Il ne résista donc pas lorsque Waya et Sevane s'emparèrent du bas de sa tunique et la lui ôtèrent rapidement.

Sevane — celle qui avait les yeux bleus et une bouche aux lèvres gourmandes — passa une main douce sur tout le corps de Blade pour terminer son circuit par une caresse beaucoup plus suggestive au bas de son ventre. Puis les deux jeunes filles le poussèrent doucement vers le grand baquet en métal.

Le bain décontracta Blade et raviva ses forces. Les mains expertes de Waya et Sevane eurent, elles, d'autres effets et lorsque Blade ressortit de sa baignoire, il emmena celles-ci directement vers le tas de fourrures qui servait visiblement de lit.

Dès qu'ils furent allongés, Waya s'empara de son membre et se mit à le lécher pendant que la bouche de Sevane s'activait sur le reste de son corps. Lorsqu'il sentit le désir s'emparer de lui, Blade repoussa Waya et retourna Sevane sur le dos. La vue du pubis rasé de la jeune fille dont le pagne s'était retroussé sur ses hanches accentua encore le feu qui couvait dans le ventre de Blade et celui-ci la prit sans plus attendre. Le corps de Sevane s'arqua quand il la pénétra. Pendant ce temps, Waya s'était mise à caresser le dos et les fesses de Blade.

La bouche de Sevane s'ouvrit pour laisser passer un profond soupir. Ses longs cheveux auburn s'étalaient comme une aura soyeuse autour de sa tête. Blade la vit fermer les yeux à l'approche de l'orgasme et accentua alors son mouvement de va-et-vient. L'orage des sens les saisit à la même seconde.

Soudain, Waya, comme prise de frénésie, les sépara brutalement, provoquant un gémissement chez sa compagne, et engloutit dans sa bouche le sexe encore dressé de Blade. Celui-ci fut parcourut par une véritable décharge électrique et parvint à jouir une nouvelle fois avant de se laisser aller sur les fourrures, complètement épuisé.

En le voyant dans cet état, les deux jeunes filles contre-attaquèrent en lui offrant un spectacle capable de le remettre rapidement sur le pied de guerre...

Elles commencèrent par s'embrasser longuement puis Waya s'étendit sur le dos pendant que la bouche de sa compagne descendait vers ses seins. La petite langue pointue s'arrêta sur les mamelons durcis l'espace d'un court instant avant de continuer son chemin. Au moment où la bouche de Sevane arrivait au nombril, Waya poussa un petit cri et arracha son pagne, ouvrant ainsi la route aux attouchements buccaux de l'autre fille en direction de son délicat sexe épilé.

Blade se redressa sur le coude et sentit ses forces revenir en voyant Sevane s'activer entre les cuisses de Waya dont la main venait de se perdre dans les chairs tendres et humides de sa compagne.

Il se mit alors à genoux, prit les fesses rebondies de Sevane entre ses mains et enfonça lentement son membre entre les reins de la jeune fille qui gémit de douleur, sans pour autant cesser de lécher l'intimité de Waya.

*
* *

Une chaleur torride écrasait déjà l'île malgré l'heure matinale lorsque Blade sortit de la grosse bâtisse fortifiée pour affronter Brak le Sanguinaire. L'ardeur des deux jeunes filles ne l'avait pas empêché de passer une nuit réparatrice et il se sentait assez en forme pour tenter de résister au chef des pirates.

Un cercle d'environ cinq mètres de rayon avait été tracé sur le sol desséché et un certain nombre de pirates s'étaient déjà installés autour en attendant l'arrivée des combattants.

Brak le Sanguinaire sortit de son « palais » juste après Blade, accompagné par Khane l'Exécuteur, toujours masqué et vêtu de rouge foncé. Comme Blade, le chef des pirates n'avait qu'un cache-sexe pour tout vêtement et arborait une musculature impressionnante, surtout au niveau de ses cuisses aussi grosses que des troncs d'arbres. Blade remarqua également que le torse puissant de son adversaire portait de nombreuses traces de cicatrices, vestiges des innombrables combats qu'il avait sans doute dû livrer pour devenir et rester le maître des hordes sauvages qui peuplaient l'Archipel de la Mort Noire.

— J'espère que mes deux jolies putains ne t'ont pas épuisé, Richard Blade ! lança Brak le Sanguinaire en entrant à son tour dans le cercle sous les applaudissements de ses hommes.

— Au contraire, elles m'ont incité un peu plus, si besoin était, à rester vivant..., lui répliqua Blade avec un sourire qu'il voulait assuré.

— Alors, que le spectacle commence ! s'exclama Brak.

Sur ce, Khane l'Exécuteur s'avança entre les deux combattants et se tourna vers Blade pour lui expliquer les règles du duel.

— Vous vous battrez avec les armes de votre choix et vous n'aurez pas le droit, sous peine d'être déclaré vaincu, de sortir du cercle tracé sur le sol. Le perdant sera mis à mort immédiatement. Allez !

L'Exécuteur se retira et on apporta deux grandes épées et deux haches de combat à manche court et double lame, qui furent jetées au centre exact du cercle. Puis Blade et Brak le Sanguinaire — qui avait noué ses cheveux dans son cou — allèrent se poster en face l'un de l'autre, leurs pieds nus touchant la ligne blanche.

— Que le combat commence ! lança Khane l'Exécuteur. Et mort au vaincu !

Les deux hommes se raidirent, chacun observant l'autre et cherchant un moyen d'attraper une arme avant son adversaire. Soudain, le regard acéré de Blade détecta au centième de seconde près le départ de Brak. Les deux hommes se ruèrent en même temps vers le petit tas d'armes au milieu de l'arène matérialisée par le cercle.

Ils y parvinrent si vite qu'ils faillirent se télescoper. Au dernier moment, Blade se baissa, empoigna la hache qui était à ses pieds et recula précipitamment.

Quand il releva les yeux, il s'aperçut alors que Brak tenait une arme *dans chaque main* et qu'il maniait la lourde épée de plus d'un mètre cinquante de long comme s'il s'agissait d'un vulgaire sabre d'abordage !

L'Exécuteur revint à cet instant et ramassa l'épée qui restait pour la sortir de l'aire de combat. En l'espace de quelques secondes à peine, Blade se retrouvait déjà deux fois moins armé que son énorme adversaire...

Celui-ci commença à tourner le long du cercle et Blade fut contraint d'agir de même pour maintenir un écart constant entre eux. Les pirates se mirent à le huer mais il ne se laissa pas distraire. En fait, il en profita même pour observer rapidement son adversaire et vit que sa seule chance résidait dans sa plus grande souplesse et il allait en avoir bien besoin pour échapper aux coups de Brak le Sanguinaire...

Soudain, le chef des pirates se rua dans sa direction en poussant un hurlement de bête sauvage. Malgré ses efforts d'attention, Blade fut surpris par l'attaque et réprima un sursaut. La lame de l'épée de Brak siffla à ses oreilles et il dut presque se laisser tomber à terre pour éviter le coup de hache qui l'accompagnait. En un clin d'œil, Brak se retourna et tenta de le clouer au sol. Cette fois, la pointe de l'épée érafla la cuisse de Blade.

Blade se dégagea en roulant sur le sol et parvint à se remettre debout avant qu'un nouveau coup, de hache cette fois, ne s'abatte à un cheveu de son flanc.

Un concert de cris d'encouragement s'éleva pour soutenir Brak le Sanguinaire. Celui-ci eut un large sourire et leva les bras en signe de victoire. Geste prématuré qui fut sa première erreur car Blade joua le tout pour le tout à cette seconde précise en expédiant sa hache contre son adversaire. Si l'arme manquait son but, Blade se retrouverait complètement désarmé et virtuellement mort. Mais le coup, bien ajusté, profita du fait que Brak avait levé sa garde pour pavaner devant ses hommes. Voyant l'arme foncer vers lui, le chef des pirates rabaissa ses bras pour se protéger mais la hache de Blade lui entailla l'épaule. Sous le choc et l'effet de la douleur, le géant lâcha son épée, qui tomba par terre en cliquetant, et recula vers la limite du cercle. Les pirates se mirent à crier. Il s'arrêta juste au dernier moment et échappa de peu à la défaite. Dans l'intervalle, Blade s'était précipité comme une fusée et réussit de justesse à récupérer l'épée, après l'avoir éloignée d'un coup de pied de son ancien possesseur.

Maintenant, les deux hommes étaient revenus à égalité d'armement puisque la hache de Blade était en fin de compte tombée hors du cercle.

— Tu ne perds rien pour attendre ! jeta Brak le Sanguinaire en se tenant l'épaule, comme pour empêcher le sang de couler entre ses doigts.

Blade ne répondit rien et continua à observer son adversaire en attendant une occasion favorable pour l'attaquer à nouveau. Les pirates se remirent à l'insulter, mais avec moins de détermination. On aurait dit qu'ils sentaient que le vent était en train de tourner en faveur de ce guerrier étrange que la Mort Noire elle-même n'avait pu abattre...

Ils ne se trompaient sans doute pas car Brak le Sanguinaire sembla tout à coup moins assuré. Blade se mit alors à tourner autour de lui afin de l'énerver et le pousser à commettre une autre erreur. Brak leva à demi sa hache, le regard fixé sur son adversaire. Et tout à coup, il fonça en avant, tel un taureau furieux.

A cet instant précis, Blade se trouvait très près de lui et comprit qu'il tenait là sa chance. Au lieu d'essayer de bloquer le moulinet de la hache à double lame, il plongea en avant et jeta son épée dans les jambes du pirate géant. La longue lame passa en biais entre les chevilles de Brak qui se prit les pieds dedans et partit en avant en lâchant sa hache.

Une seconde plus tard, Blade s'était relevé et courait se saisir de l'épée au sol. Brak le Sanguinaire tenta lui aussi de se relever mais un coup de pied dans les côtes le fit rouler sur le dos.

Quand il redressa la tête, ce fut pour sentir une pointe métallique se poser contre sa gorge et un pied écraser sa puissante poitrine.

— J'ai bien peur que ça soit fini pour toi, Brak..., fit Blade en enlevant la poussière qui lui maculait le bas du visage.

Autour d'eux, les pirates s'étaient tus, stupéfaits par la brièveté du combat. Khane l'Exécuteur fendit alors leurs rangs et s'avança, d'un pas lent, vers les deux combattants.

— Les dieux ont rendu leur sentence..., jeta-t-il d'une voix sifflante. Tu as gagné, Richard Blade, et tu es donc à partir de cet instant notre nouveau chef !

Brak fit une grimace et releva à nouveau la tête :

— Allez, dépêche-toi ! Qu'on en finisse !

Blade secoua la tête et retira brusquement son épée.

— C'est hors de question. Je ne suis pas un assassin et tu es encore digne de commander tes hommes... Je vais aller me laver et nous discuterons de tout ça plus tard !

Et Blade s'en alla, après avoir jeté son épée à terre.

CHAPITRE X

Blade attendit le début de l'après-midi pour envoyer Waya demander pour lui une audience à Brak le Sanguinaire. La jeune fille revint peu après et lui dit que le chef des pirates l'attendait dans sa salle de commandement.

Lorsque Blade entra dans celle-ci et que la lourde porte se fut refermée derrière lui, il vit que l'Exécuteur était là lui aussi, à la même place que la veille, juste derrière le trône orné de crânes humains de son maître.

Brak le Sanguinaire, que le gros pansement de son épaule avait empêché de revêtir sa cotte de mailles, fixa Blade avec un air étonné :

— Je ne comprends toujours pas pourquoi tu m'as épargné, ce matin, alors que tu avais mon royaume au bout de ton épée !

Blade jeta un coup d'œil à l'inquiétante silhouette de Khane qui le fixait derrière les trous de son masque de cuir puis son attention se reporta sur le géant blessé.

— Je te l'ai dit, l'assassinat n'est pas un de mes passe-temps. Et puis ce serait stupide de ma part de priver ton peuple d'un chef de ta trempe sous prétexte qu'il a eu un moment d'inattention..., ajouta Blade en se disant que l'énorme pirate serait sans doute plus sensible à ce dernier argument.

— N'écoute pas la langue rusée qui flatte..., jeta alors l'Exécuteur avec la sympathie d'une vipère.

— Khane, il y a des jours où je commence à en avoir assez de toi, tu comprends ? répliqua Brak. Tu as l'air d'oublier que je suis redevable de ma vie à cet homme ! Je serais intéressé de savoir ce que *toi* tu aurais fait à sa place...

L'Exécuteur évita la question :

— Si cet homme surgi de nulle part t'a laissé la vie sauve c'est qu'il compte se servir de toi !

Brak faillit se lever mais Blade l'en empêcha d'un geste.

— Dans un certain sens, il a raison... Mais, de toute façon, je jure que je ne t'aurais pas égorgé comme un cochon. Cela a déjà été dit.

— Alors, que veux-tu donc ? fit le géant en fronçant les sourcils.

Blade attendit quelques secondes avant de lui répondre.

— Je voudrais d'abord savoir ce que tu penses des Sectateurs de Jokkun.

Surpris par la question, Brak le Sanguinaire se carra dans son lourd fauteuil inconfortable.

— Ce sont des démons et on m'a dit des choses sur leur dieu qui donneraient froid dans le dos à un serpent de mer. Et...

— Et quoi ? insista Blade soudain sur le qui-vive.

Le visage du grand pirate se ferma soudain, comme si celui-ci venait de se rendre compte subitement qu'il avait trop parlé.

— J'ai l'impression que tu me caches quelque chose..., fit Blade un ton plus bas.

Brak le Sanguinaire se pencha en avant, ignorant l'éclair de douleur qui lui traversa l'épaule.

— Eh bien, Richard Blade, il se trouve que j'ai récemment joué un mauvais tour aux gens de la Triade de Sargho et que j'ai ici même un... objet auquel ils tiennent certainement beaucoup.

— Tu ne connais pas cet homme et tu lui racontes tous tes secrets ! intervint à nouveau la voix désagréable de l'Exécuteur masqué. Tu ne m'accuseras pas plus tard de ne pas t'avoir prévenu...

Brak le Sanguinaire ignora son conseiller.

— Voici ce qui s'est passé. Un navire a été jeté à la côte d'une des îles de l'Archipel après une tempête terrible qui a ravagé tout le sud de la Mer Intérieure, il y a à peine un mois de ça.

— Un navire de la Triade de Sargho ? demanda Blade.

— C'est ça. Et bien sûr, la Mort Noire a rapidement transformé les rares survivants de l'équipage en tas de croûtes noires et puantes. Entre-temps, nous avons fait main basse sur la cargaison et je vais te montrer ce qu'on a trouvé dans les cales...

Le souterrain du bâtiment qui servait de quartier général à Brak le Sanguinaire était éclairé parcimonieusement par quelques rares torches. Conduit par le géant, Blade traversa un amoncellement de butin précieux attendant sans doute d'être monnayé pour arriver enfin devant un énorme coffre cerclé de métal que Brak ouvrit avec difficulté.

Blade se pencha et vit alors une fabuleuse émeraude de la taille d'un ballon de plage. La pierre extraordinaire était parcourue de lentes pulsations lumineuses à l'effet hypnotique. Le chef des pirates laissa Blade regarder un court instant avant de refermer le coffre.

— J'ai déjà vu quelque chose de ce genre, mais cent fois plus gros, au sommet du Temple des Sectateurs de Jokkun..., murmura Blade.

— Oui, je le sais, répondit Brak le Sanguinaire avec un soupir. Et c'est bien ça qui m'inquiète.

— Où allait le navire qui la transportait ?

Le géant haussa les épaules et reprit le chemin de la sortie.

— On n'a rien pu tirer des survivants mais tout laisse penser qu'ils filaient en direction du Pays de Tarak.

Blade hocha la tête et réfléchit tout en suivant son hôte.

— Voilà qui est fort intéressant, dit-il alors que les deux hommes remontaient vers la salle de commandement.

Quand ils y entrèrent, ils s'aperçurent que Khane l'Exécuteur avait disparu.

— Bon débarras..., se contenta de jeter le pirate avant de reprendre sa place favorite. Maintenant, dis-moi pourquoi tu trouves mon histoire si intéressante ?

— Parce que ça confirme un certain nombre d'informations qui laissent à penser que les Sectateurs de Jokkun sont en train de monter un complot d'envergure internationale, notamment pour mettre la main sur Dusan.

— Je ne vois pas pourquoi ces têtes de mort ambulantes s'intéresseraient à ça, s'exclama Brak le Sanguinaire. La seule chose qu'ils veulent c'est des âmes pour nourrir leur espèce de dieu !

— Et si par hasard l'appétit de Jokkun avait subitement augmenté ? lui répondit Blade avec sérieux. J'ai vu cette... chose verte à l'œuvre dans la Triade de Sargho et je peux t'assurer qu'il ne faut pas prendre cette menace à la légère. Si tu avais entendu les lamentations des âmes damnées comme cela a été mon cas, tu comprendrais ce que je veux dire...

Le pirate géant se gratta le menton.

— Tu n'as peut-être pas tort car on dit que Nyss-ab-Xerg, le dictateur de Tarak, entretient des relations suivies avec eux. Ce qui expliquerait que les Sectateurs aient voulu lui faire un cadeau.

— Tu veux parler de l'émeraude que tu viens de me montrer ?

Brak le Sanguinaire fronça les sourcils.

— Bien sûr ! C'est ce que je pense en tout cas.

Blade secoua la tête, l'air préoccupé.

— Plus je réfléchis, plus je me demande si ce n'était pas un présent empoisonné. Les Sectateurs ne sont pas du genre à faire des cadeaux à qui que ce soit et cette émeraude me rappelle bien trop celle de leur Temple à la Triade pour que je n'y voie qu'un présent.

— C'est vrai que certains de mes hommes qui l'ont amenée jusqu'ici m'ont dit qu'ils étaient mal à l'aise à côté d'elle..., répliqua tout à coup le pirate.

Blade fit quelques pas dans la salle, les yeux fixés au sol pour mieux réfléchir.

— Se pourrait-il alors, fit-il à mi-voix comme pour lui-même, que cette émeraude soit une sorte d'instrument capable, sous certaines conditions, de moissonner en quelque sorte les âmes pour Jokkun ?

Brak le Sanguinaire haussa les épaules.

— Je n'en sais rien, mais si tu as vu juste, je remercie le ciel que la Mort Noire nous protège *aussi* des faces de cadavre de la Triade de Sargho !

— Ce qui veut dire que tu es de notre côté dans cette histoire ?

Le chef pirate acquiesça.

— Par la force des choses. Et puis, si tu dis vrai et que les Sectateurs arrivent à leurs fins, ils parviendront sûrement un jour à nous mettre le grappin dessus, Mort Noire ou pas !

— En tout cas, tout se joue à mon avis en ce moment dans la province de Glaaken, dit Blade. Si cette sécession réussit, Dusan ne pourra plus compter sur l'aide de la Fédération de Malkar pour repousser une attaque des Tarakis. Et avec Jokkun et ses adorateurs dans leur sillage.

Brak le Sanguinaire se leva :

— Si tu veux voir la province de Glaaken de plus près, c'est le moment. Nous avons une razzia sur ses côtes prévue pour dans trois nuits...

CHAPITRE XI

La traversée entre l'Archipel de la Mort Noire et la côte dentelée de la province de Glaaken ne prit guère plus de deux jours pleins. Les cinq galères pirates participant à la razzia filaient sur les vagues, propulsées uniquement par leurs rameurs le jour pour que leurs voiles ne les trahissent pas. La seule rencontre — malencontreuse pour la grosse nef ventrue battant pavillon taraki — qui eut lieu les mis à peine en retard et la petite flotte de prédateurs se retrouva à l'heure dite à quelques encablures du rivage plongé dans le noir. Dans le lointain, à tribord du navire de Brak le Sanguinaire, on pouvait apercevoir la tache plus claire marquant le port de Yordd.

Le chef des pirates monta d'un pas lourd vers Blade qui observait la côte depuis le gaillard d'avant, accoudé au baliste.

— Toujours décidé à nous quitter ?

Blade hocha la tête.

— Toujours. Si je trouve les preuves que je

cherche à Segaki, j'aurai alors une idée plus précise de ce qui se trame et je crois que ça intéressera les dirigeants de Dusan...

— Quoi qu'il arrive, tu peux compter sur moi, fit Brak le Sanguinaire. Je ne sais pas comment tu comptes rejoindre la capitale de cette foutue province mais je te souhaite bonne chance l'ami !

Blade quitta le baliste et s'apprêta à descendre sur le pont de la galère.

— Il me semble que l'heure est venue d'y aller...

— A ta guise ! dit Brak le Sanguinaire. Ton canot est déjà paré.

Lorsque Blade accosta sur une minuscule plage encaissée rappelant les calanques méditerranéennes, la flotille pirate avait disparu au loin pour accomplir sa mission de mort. Blade tira le canot au sec et le dissimula derrière un amas de rochers après avoir vérifié que l'esquif serait invisible pour un observateur situé en haut de la petite falaise escarpée qui ceinturait totalement la langue de sable.

Peu après, Blade entreprit d'escalader la muraille de roc. Il manqua tomber à plusieurs reprises mais finit par arriver sain et sauf en haut. Là, il jeta un dernier regard à la mer puis s'enfonça parmi les épineux qui régnaient en maîtres sur la côte de la province sécessionniste. Il prit rapidement la direction du port de Yordd où il comptait arriver au petit matin. Il ne devait pas perdre de temps car il savait que le bateau qui se présenterait une semaine plus tard, juste en face de la crique, n'attendrait pas le petit jour pour repartir, qu'il soit ou non à bord...

A peine s'était-il engagé sur un chemin qui filait vraisemblablement vers le port que Blade fut agressé par trois malandrins qui l'avaient pris pour un paisible citoyen assez inconscient pour voyager de nuit en ces périodes troublées. En quelques secondes, Blade leur fit comprendre à quel point ils s'étaient trompés de client et étendit les trois malfrats raides morts. Il allait abandonner les cadavres encore chauds lorsqu'il se dit que le hasard l'avait peut-être mieux servi qu'il ne le pensait avec cette histoire... Il revint donc sur ses pas et déshabilla rapidement le brigand dont la taille se rapprochait le plus de la sienne. Les vêtements étaient plutôt propres et guère abîmés par le coup de poignard qui avait expédié l'homme dans un monde meilleur. Quelques minutes plus tard, Blade reprenait sa route ressemblant à un Glaakien plus vrai que nature.

Au lever du soleil, Blade découvrit enfin Yordd dont Brak le Sanguinaire avait dit que c'était la plaque tournante de tout le commerce de la province avec le Pays de Tarak.

Fait facile à vérifier rien qu'en comptant le nombre de navires de commerce arborant la flamme bleue et rouge de Tarak qui étaient à quai...

La province étant en guerre ouverte avec le reste de la Fédération de Malkar, la campagne avoisinant Yordd était parcourue par des escouades de soldats armés jusqu'aux dents et Blade perdit beaucoup de temps à les éviter au fur et à mesure qu'il se rapprochait des portes de la ville. Celle-ci était protégée par un canal qui l'enserrait dans une large boucle prenant sa source dans la mer pour y retourner ensuite. Un certain nombre de ponts escamotables permettait de franchir le canal et d'accéder aux portes fortifiées qui s'ouvraient dans l'enceinte de la ville flanquée de nombreuses tours carrées.

Blade traversa sans encombre la zone de gros villages qui s'agglutinaient contre le pourtour de Yordd. Il y fit l'achat d'une charrette tirée par un âne et remplie de divers ballots de tissus et se métamorphosa en marchand. Les gardes de la porte qu'il emprunta se contentèrent de vérifier son chargement et le laissèrent passer sans problème. Et, paradoxalement, maintenant qu'il était dans la place, il lui fallait trouver le plus vite possible le moyen d'en sortir...

Brak le Sanguinaire lui avait expliqué que la province ne devait plus tellement être sûre depuis sa révolte contre le pouvoir central et qu'il valait mieux pour lui tenter de prendre la voie ferrée qui reliait Yordd à Segaki. Visiblement, le Seigneur de Rokuro n'avait pas le monopole de ce type de transport dans cette partie du monde...

Une fois en ville, Blade s'empressa de revendre sa charrette, qui avait accomplie sa mission, et l'encombrait maintenant plus qu'autre chose dans les rues souvent étroites, puis se mit en quête de ce qui devait faire office de gare. Il trouva rapidement le bâtiment en question, tapi contre la muraille nord de la ville, mais découvrit en même temps qu'il ne lui serait sans doute pas facile d'y entrer : un cordon de soldats vêtus de cuir et de courtes cottes de mailles empêchait quiconque n'avait pas de laissez-passer d'y entrer...

Blade resta prudemment de l'autre côté de la place qui s'étendait face à la « gare » et s'assit à la terrasse d'une auberge bondée pour réfléchir. Il prit place à une petite table de bois branlante et commença à observer de près les allées et venues des soldats et des gens qui entraient et sortaient du bâtiment trapu à peu près aussi gai qu'une prison centrale.

Son manège n'échappa pas à son voisin le plus proche, un homme d'une cinquantaine d'années au visage carré et enfoui derrière une barbe grise foisonnante. L'inconnu attendit que Blade ait été servi pour venir s'asseoir à côté de lui.

— La route est longue pour Segaki, n'est-ce pas, étranger ? déclara-t-il d'une voix enrouée à Blade quand celui-ci se retourna, les sourcils froncés.

— Je ne comprends pas très bien ce que...

L'autre eut un sourire et épousseta le plastron de sa veste de drap bleu ciel ourlée d'un filet argenté.

— Inutile de jouer avec moi, étranger..., répondit-il avec une lueur d'amusement dans ses yeux noirs. Il est évident pour un observateur aussi perspicace que moi, que tu es en train de te torturer la cervelle pour trouver un moyen de pénétrer dans cette sinistre bâtisse.

Blade eut un soupir et avala une gorgée de vin.

— Bon, et après ? dit-il en espérant que l'homme n'était pas un agent de la milice de la ville ou ce qui en tenait lieu.

— Alors, nous pourrions peut-être nous associer pour franchir cet obstacle, répliqua l'autre. Mon nom est Murgunn et je dois aller à Segaki pour y chercher une certaine marchandise destinée à un des favoris de l'infâme Nyss-ab-Xerg, celui-là même qui est en passe de devenir le saint patron des bourreaux en tout genre.

Subitement intéressé, Blade n'en laissa rien paraître.

— Je ne vois toujours pas où tu veux en venir...

Murgunn passa une main aux ongles pointus dans ses cheveux qui formaient un casque gris autour de sa tête.

— En fait, tout dépend de savoir si tu as quelque argent sur toi, étranger.

— Mon nom est Richard Blade, l'interrompit celui-ci.

— Très bien. Donc je disais que si tu as de quoi payer deux passages aller et un retour pour moi, nous pourrions peut-être faire cause commune et réussir à prendre le prochain départ pour la capitale. En effet, il se trouve que celui qui m'accompagnait a eu l'étrange idée de me soustraire discrètement la quasi-totalité de mon argent pendant mon sommeil avant de disparaître dans la nature, me laissant ainsi sur le sable dans cette ville infestée de miliciens.

— Je ne vois pas pourquoi je te ferais don d'un aller et retour, s'étonna Blade.

Murgunn eut un petit rire et avala d'un trait le liquide qui restait dans son verre.

— Il se trouve que ce brigand a eu quand même la bonté de ne pas emporter le laissez-passer établi par les autorités locales pour lui et moi. Comprends-tu maintenant où je veux en venir ?

Blade se leva.

— Parfaitement. Si nous allions acheter ces damnés passages ? fit-il avec un certain soulagement dans la voix.

Pour plus de vraisemblance, Blade avait donné immédiatement l'argent nécessaire — une importante ponction dans la somme que Brak le Sanguinaire lui avait offerte — au marchand, qu'il surveilla alors de près au cas où tout ceci n'aurait été qu'une mise en scène pour lui extorquer son bien. Mais Murgunn, malgré ses airs d'escroc, tint parole et ils purent passer sans encombre le barrage de la milice autour de la « gare ».

Un quart d'heure plus tard, les deux hommes débouchaient sur la plate-forme dallée contre laquelle était garé le véhicule baroque qu'ils allaient emprunter pour traverser la moitié de la province de Glaaken.

Large d'environ cinq mètres pour une longueur de vingt, le « wagon » unique possédait deux étages cernés chacun par une étroite coursive métallique et reliés entre eux par deux escaliers à claire-voie qu'il ne devait pas faire bon emprunter les jours de grand vent. Au centre de chaque niveau s'étendait une seule grande cabine d'à peine trois mètres de large où étaient installées des rangées de bancs fort inconfortables.

— Combien de temps allons-nous mettre pour arriver à destination ? s'enquit Blade avec une petite grimace.

— A peine un jour et demi..., répondit Murgunn en le poussant au travers de la cohue qui s'était installée dans le deuxième niveau où on leur avait attribué leurs places.

Blade s'assit sans rien dire et observa l'agitation sur le quai au travers de la fenêtre dépourvue de verre la plus proche de lui. Il vit qu'une sorte de grue en bois se déplaçait, tirée par des esclaves, le long de leur véhicule pour charger bagages et marchandises sur le toit plat de celui-ci, juste derrière ce qui était sans aucun doute la cabine du conducteur de l'attelage. En y repensant, Blade réalisa soudain qu'il n'avait aperçu aucun animal de trait et posa la question à son compagnon de voyage :

— Des chevaux ? Tu veux rire ! Il en faudrait des dizaines pour tirer cet engin de mort... Sans compter les innombrables changements d'attelage en cours de route. Non, ces sauvages utilisent des *Houuds* pour tracter cette chose jusqu'à Segaki. Mais ces bêtes sont tellement dangereuses qu'ils ne les attelent qu'en dehors de la ville. Jusque-là, ce sont des chevaux qui tirent...

Un peu plus tard, Blade alla dans la coursive pour voir à quoi pouvaient bien ressembler ces fameux Houuds. Et quand il aperçut l'espèce de gigantesque mille-pattes cuirassé et gros comme une locomotive, il sentit un frisson lui parcourir l'échine.

La bête monstrueuse fut amenée avec un luxe de précautions incroyables devant le véhicule à deux étages. Puis, une demi-douzaine de Glaakiens l'attelèrent tant bien que mal et installèrent le système de guidage qui aboutissait à la cabine du conducteur perché en haut du « wagon ». Blade se demanda comment le monstre dont il percevait le souffle rauque pouvait être persuadé de ne pas quitter l'alignement des gros rails métalliques qui guidaient l'étrange équipage. Là aussi, ce fut le marchand barbu qui lui donna la réponse après l'avoir rejoint à l'extérieur.

— C'est très astucieux, en fait..., fit Murgunn en se grattant l'oreille. Les Glaakiens se sont aperçus que les mâles étaient complètement hypnotisés par les traces laissées au sol par les femelles en chaleur. Alors ils déposent régulièrement une traînée de suc produit par les glandes sexuelles des femelles de Houuds entre les rails et se servent uniquement de mâles pour tirer leurs engins de mort à bonne vitesse. Ces animaux doivent vraiment être d'une stupidité assez incroyable pour ne pas avoir compris le truc depuis le temps que ça dure...

Une question surgit soudain dans l'esprit de Blade à la fin des explications du marchand.

— Je suppose qu'il existe des Houuds sauvages, n'est-ce pas ?

— Oui, bien sûr. Pourquoi ?

Blade prit un air entendu.

— Dans ce cas, que se passe-t-il lorsqu'une femelle en chaleur traverse par hasard la voie ?

Murgunn soupira.

— Eh bien, il arrive que l'attelage décide de changer de direction... Mais rassure-toi, sourit le marchand, j'ai entendu dire que ce n'était pas la période en ce moment...

CHAPITRE XII

A une cinquantaine de kilomètres au nord de Yordd, le « train » fut escorté par des cavaliers rebelles pour la suite du voyage, preuve que le pays n'était pas sûr dès qu'on quittait la bande côtière et que les sécessionnistes avaient du mal à contenir les assauts des troupes régulières, ce dont Blade eut la confirmation lorsque leur convoi traversa des portions de la province complètement ravagées par les raids des troupes régulières. A certains endroits, on pouvait même distinguer des réparations de fortune sur la voie que le lourd véhicule passait avec précaution.

Mais, dans l'ensemble, le voyage se déroula sans incidents notables et la seule chose que les voyageurs eurent du mal à supporter fut l'incroyable inconfort des sièges de bois...

Durant leur périple, Blade avait fait plus longuement connaissance avec le marchand barbu et une certaine amitié était née entre les deux hommes. Blade avait même fini par apprendre ce que Murgunn allait chercher à Segaki : une certaine quantité d'une drogue au nom évocateur de « Furie des Sens » et que son client, un dénommé Denn-ar-Togh, utilisait fréquemment dans les nombreuses orgies qui égayaient la vie un peu triste de sa maisonnée.

— Et toi, que vas-tu faire dans cette contrée de sauvages ? s'enquit alors le marchand. J'ai pris un risque en te disant le but de mon voyage. Tu pourrais au moins me rendre la pareille...

Blade pesa rapidement le pour et le contre et finit par se dire qu'un allié dans la place lui serait sûrement utile. D'autant plus que Murgunn semblait avoir quelques connaissances à Segaki du fait même de ses activités de trafiquant.

— Ainsi tu es un espion dusanien..., fit le marchand avec un air entendu.

Blade se raidit d'un coup, prêt à discrètement faire taire pour toujours son compagnon au cas où celui-ci essayerait de le trahir. Mais le marchand barbu n'était pas tombé de la dernière pluie et il posa sa main sur le bras de Blade.

— N'aie crainte, étranger. Tu ne trouveras sûrement personne qui déteste les gens de la Triade de Sargho autant que moi... Ils se comportent déjà en maître des lieux chez nous et Nyss-ab-Xerg, tout dictateur qu'il soit commence à baisser pavillon devant ces démons à tête de cadavre !

Blade comprit que le moment était venu d'en savoir plus et fit signe à Murgunn de le suivre dans la coursive à claire-voie où ils seraient plus à l'abri des oreilles indiscrètes pour discuter.

— Peut-être pourrais-tu me dire ce que les Sectateurs de Jokkun peuvent bien offrir aux Tarakis pour que ceux-ci prennent le risque de les laisser s'infiltrer ainsi chez eux..., dit Blade.

Le regard de Murgunn parut se perdre dans le paysage verdoyant qui défilait lentement autour d'eux. Lorsqu'il parla, il fit en sorte que sa voix soit juste au-dessus du bruit désagréable des roues crissant sur les rails.

— Ça, je n'en sais rien, à vrai dire, car le secret de ce qui se passe dans les temples ouverts par les Sectateurs est le mieux gardé qui soit. Par contre, on chuchote que Nyss-ab-Xerg a entamé avec eux un fructueux commerce des âmes.

— Qui a probablement son origine dans les temples en question ?

Le marchand taraki acquiesça.

— Sans aucun doute. Mais aucun de ceux qui y sont allés n'a jamais parlé. Il doit falloir une grande magie pour obtenir un tel mutisme !

Blade réfléchit rapidement :

— Sais-tu s'il y a un tel temple à Segaki ?

Murguun eut un petit rire.

— Comment un espion peut-il être aussi ignorant ? Bien sûr qu'il y en a un ! Je ne pense pas que ce soit dévoiler un grand secret d'état que de dire que les Tarakis sont derrière la sécession de la province de Glaaken...

— Les Sectateurs de Jokkun, tu veux dire...

— Ce ne serait pas impossible, en effet, admit le marchand.

— C'est pour découvrir certaines preuves de ce complot que je suis ici, répliqua Blade avec une mine soucieuse. Donc, il va me falloir entrer dans le temple de Segaki pour en savoir plus !

Murgunn se pencha vers lui.

— Comme tu m'es sympathique, je pense pouvoir peut-être te donner un coup de main..., fit le trafiquant avec un air de conspirateur.

Le « train » arriva donc sans encombre dans la capitale de la province rebelle et les laissez-passer de Murgunn firent à nouveau merveille. Le marchand pilota Blade dans les rues tortueuses et plutôt mal famées du quartier populaire de Segaki jusqu'à une maison de bois et de pierre qui ne tranchait guère sur les autres habitations lépreuses de la rue déjà envahie par la nuit et où les coupe-jarrets n'allaient pas tarder à faire leur apparition. Murgunn frappa contre la porte suivant un code prévu à l'avance.

— La « Furie des Sens » m'attend ici, l'ami, et je pense que l'intermédiaire qui me livre cette drogue — dont l'usage est à lui seul passible de mort à Segaki, soit dit en passant — pourra nous donner d'intéressants renseignements sur le temple de ces maudits démons de la Triade de Sargho...

L'intermédiaire en question, qui se nommait Lenderh, était un petit homme ratatiné qui arrivait à peine à l'épaule de Blade et semblait complètement nager dans sa robe de toile beige retenue à la taille par un cordon noir. Il était si maigre que Blade eut la sensation de se trouver devant un vautour sous-alimenté et décoloré.

— Tu as l'argent ? glapit le volatile humain au crâne déplumé.

Les yeux de Blade s'étrécirent soudain et il fixa le marchand taraki qui venait de hocher la tête.

— Rassure-toi, sourit Murgunn, je ne t'ai pas raconté d'histoires ! Regarde...

Et il ouvrit sa veste. Blade vit alors qu'une grosse chaîne d'or ceinturait son ventre à même la peau. Le taraki en fit sauter la fermeture et tendit le bout à Lenderh après s'être rajusté.

Le vieillard desséché prit la chaîne et alla la poser sur le plateau d'une balance qu'avait remarquée Blade en entrant.

— Le compte y est, admit comme à regret

l'intermédiaire qui emmena alors la chaîne dans une autre pièce pour revenir ensuite avec cinq sacs rectangulaires et assez plats que Murgunn fit disparaître à l'intérieur de sa veste.

Ceci fait, le Taraki se retourna vers Lenderh qui attendait visiblement que ses deux visiteurs quittent les lieux.

— J'ai une bonne nouvelle à t'apprendre, vieux bandit, lança le marchand barbu. Sais-tu que mon client désire désormais doubler ses achats de « Furie des Sens » ?

Un éclair d'intérêt traversa les prunelles du Glaakien.

— Voilà une excellente idée, en effet...

Murgunn l'arrêta d'un geste.

— Oui, mais il y a une petite condition. Tu vois cet homme qui m'accompagne ? Eh bien, il a l'intention d'aller faire un petit tour au temple que les Sectateurs de Jokkun ont édifié dans ta bonne ville. Alors, où tu lui dis comment procéder pour y entrer, ou je cherche un autre revendeur...

Lenderh eut un petit rire qui ressemblait à un couinement de rongeur.

— C'est un renseignement que tu aurais pu demander à n'importe qui dans la rue, Murgunn. Il lui suffit de s'engager dans l'armée de libération, comme ils l'appellent ici. S'il est pris, il passera automatiquement dans le temple dédié à Jokkun...

« Nous y voilà donc ! » s'exclama intérieurement Blade.

Murgunn le conduisit le lendemain matin à l'aube jusqu'aux abords d'une grosse caserne qui avait appartenu auparavant aux troupes fédérales avant que ces dernières soient transformées en charpie par la soudaine révolte des soldats indigènes.

— Voilà, l'ami. Je ne peux rien faire de plus pour toi, déclara le Taraki avec un soupir. Es-tu sûr de vouloir te jeter dans la gueule du loup ?

Blade se gratta la tête en fixant la lourde grille et les soldats qui la gardaient.

— Je n'ai pas assez de temps pour préparer autre chose. N'oublie pas qu'il est impératif que je prenne le convoi ferré qui repart vers Yordd dans moins de trois jours...

Murgunn lui donna une tape amicale sur l'épaule.

— Je t'attendrai jusqu'au dernier moment, l'ami, avec le laissez-passer pour nous deux. Que les dieux veillent sur toi !

— Tant que ce n'est pas ce monstre de Jokkun, je suis preneur..., sourit faiblement Blade.

CHAPITRE XIII

Apparemment, les besoins en hommes devaient être sérieux car Blade n'eut pas la moindre difficulté à se faire engager pour une solde dérisoire qui devait à peine permettre de manger. Un petit groupe d'officiers sans doute trop vieux pour aller au front s'occupaient de trier les postulants. Blade eut l'impression que seuls les culs-dejatte devaient être refoulés...

Une heure à peine après son entrée dans la caserne, il se retrouva vêtu d'une tunique grise et incorporé à une colonne de Glaakiens de tous âges qui semblaient croire pour la plupart que leur détermination à en finir avec les troupes fédérales pourrait compenser leur manque évident d'entraînement. Lorsque le groupe leur parut suffisant, les soldats armés qui l'encadraient le poussèrent en direction d'une large double porte qui s'ouvrait derrière la caserne. Et Blade comprit qu'il allait enfin voir ce qui se passait dans le temple des Sectateurs installé à Segaki.

La première chose qui le frappa à l'arrivée de la colonne fut que le temple en question avait été dissimulé dans un énorme bâtiment rectangulaire qui était de toute évidence un ancien grand marché couvert désaffecté. Aucune signe extérieur n'indiquait un lieu de prière et l'aspect militaire de l'ensemble augmenta encore les doutes de Blade. En fait, tout en s'en approchant, il se demanda en voyant les espèces de chevaux de frise qui le ceinturaient si le temple avait même jamais vu un civil depuis son ouverture...

La colonne passa sous les regards rébarbatifs des gardes et les futurs soldats entrèrent dans une grande salle carrelée où on leur ordonna de se déshabiller entièrement. Puis, toujours sous l'œil fixe de leur encadrement, ils furent appelés un à un à sortir par une petite porte.

Blade ne fut pas le seul à remarquer rapidement qu'aucun homme ne revenait après avoir été appelé et cette constatation le fit un peu tiquer. Au bout de presque deux heures — il s'écoulait plusieurs minutes entre chaque départ —, Blade entendit son nom et s'avança vers la mystérieuse porte gardée par trois colosses bardés de cuir et de métal.

Une fois passé la porte, celle-ci se referma automatiquement derrière lui. Pendant quelques secondes, il se sentit pris au piège et dut faire un effort de volonté pour se décontracter.

Un couloir se déroulait sous ses yeux. Blade se rendit alors compte que les murs étaient recouverts de la même mousse luminescente que celle qu'il avait vu dans le grand Temple des Sectateurs, à la Triade de Sargho. Une voix surgie de nulle part lui ordonna à cet instant précis d'avancer et il ne put rien faire d'autre qu'obéir.

Le couloir phosphorescent fit rapidement un coude qui amena Blade dans une étrange petite salle sphérique au fond de laquelle se dressait un socle supportant une émeraude pulsante comme celle qu'avaient découvert les hommes de Brak le Sanguinaire. Toute la surface intérieure de la salle brillait doucement sous l'effet de la mousse phosphorescente qui la recouvrait.

Blade resta un court instant immobile, hésitant à descendre la spirale de marches qui s'enfonçait vers le socle. Il sentit soudain une sorte d'ordre hypnotique se glisser dans son cerveau, mais pas assez puissant pour supplanter sa volonté. Il sut à ce moment qu'il venait de marquer un point. Pourtant, il se dit qu'il valait mieux ne pas le montrer et faire comme s'il se trouvait déjà sous l'influence de la voix désincarnée.

Celle-ci ne se remanifesta pas avant qu'il soit arrivé au pied de l'autel. Là, un nouvel ordre se faufila jusqu'au plus profond de lui-même, le poussant à fixer l'émeraude énorme qui pulsait doucement juste devant son visage.

Son regard fut comme happé par le ballet de lumière verte qu'il crut discerner dans le fabuleux joyaux et un flot de pensées étrangères enveloppa les siennes, tentant de les infecter, de les soumettre à une volonté qui ne pouvait être que celle de cette invisible monstruosité qu'était Jokkun.

Tous ses sens discrètement à l'écoute, Blade laissa faire l'émeraude, enregistrant calmement toutes les précieuses informations. La séance d'endoctrinement ne dura que quelques minutes mais Blade eut largement le temps de comprendre la machination des Sectateurs de la Triade de Sargho et remercia le ciel d'avoir un cerveau capable de résister à un tel déferlement hypnotique. Un déferlement qui emportait comme un fétu de paille l'esprit des Glaakiens, qui les obligeait à vendre leur âme, et qui les transformait en robots poussés uniquement par une haine insatiable de tout ce qui s'opposait au plan des Sectateurs et de leurs valets inconscients, les Tarakis.

Blade reçut l'ordre de quitter la salle sphérique. Il remonta lentement les escaliers, avec une démarche étudiée pour ressembler à celle d'un homme encore sous un choc hypnotique, au cas où il serait observé. Puis il emprunta un autre couloir aux murs luminescents et arriva rapidement devant la porte de sortie.

Une douzaine de gardes l'attendaient et se saisirent de lui sans un mot.

*
* *

Blade fut enfermé dans une cellule à l'intérieur du temple, une cellule qui ressemblait diablement à celle où il s'était retrouvé à son arrivée dans cette Dimension X...

En repensant à ce qui venait de se passer, Blade s'en voulut d'avoir sous-estimé les Sectateurs de Jokkun et, surtout, les pouvoirs de la mystérieuse émeraude géante qui avait dû détecter en lui un sujet dangereux. Il avait cru abuser l'ennemi et celui-ci n'avait eu qu'à le cueillir à la sortie !

Un long moment plus tard — toute notion de temps semblait annihilée dans la cellule étroite — la porte invisible se démasqua, laissant passer un personnage encapuchonné dont Blade ne put apercevoir le visage. Le battant de pierre se remit en place et l'inconnu se démasqua brusquement, comme si les deux actions étaient intimement liées l'une à l'autre.

Blade ne fut guère surpris de découvrir que l'homme affichait la tête de mort des Sectateurs de Jokkun.

— J'aimerais savoir qui tu es, commença le nouveau venu sans préambule. Et je te préviens que la patience n'a jamais été une de mes qualités !

Blade remarqua alors, et pour la première fois, que les maîtres de la Triade de Sargho possédaient des yeux dépourvus d'iris, ce qui leur donnait un regard vide allant à merveille avec leurs faces grises et cadavériques.

— Si je suis dans cette cellule, c'est que tu dois déjà avoir une petite idée sur la question, non ?

La réponse parut agacer le Sectateur dont les traits se figèrent un peu plus.

— L'Œil de Jokkun n'a fait que détecter ta résistance à son pouvoir et le fait que ton cerveau soit différent de ceux des autres soldats.

— Tu veux dire des esclaves inconscients que la Triade de Sargho fait tomber sous sa coupe avec la bénédiction des gouvernants assez faibles d'esprit pour vous faire confiance ! s'emporta Blade pour pousser le Sectateur à bout.

Le résultat fut à la hauteur de ses espérances.

— Ainsi tu es bien ce que je pensais : un espion !

Blade se força à sourire.

— Beaucoup plus que ça... En réalité, je suis venu ici pour avoir la confirmation de mes déductions. Je sais maintenant quel genre de complot les Sectateurs sont en train de manigancer avec l'aide de Nyss-ab-Xerg !

La mention du nom du dictateur de Tarak

fit son petit effet, laissant l'homme à tête de mort visiblement perplexe.

— Et il est inutile de me supprimer discrètement, ajouta Blade sur un ton de défi, car je ne suis pas seul à avoir compris ce qui se cache derrière cette prétendue sécession de la province de Glaaken...

Les yeux vides du Sectateur se vrillèrent dans les siens et une sorte de rictus malsain dévoila ses dents jaunâtres.

— Mais ce n'est pas notre intention, tout au moins tant que nous n'en saurons pas plus sur l'étendue des informations que toi et les tiens avez déjà en votre possession...

Et, sur ces paroles guère rassurantes, le Sectateur fit un geste cabalistique en l'air. La porte se dématérialisa à nouveau et l'étrange personnage disparut après avoir remis son capuchon en place.

Malgré tout, Blade fut soulagé car il était sûr d'avoir échappé à une discrète liquidation dans les oubliettes du temple en provoquant ainsi la curiosité de ses geôliers...

Blade se retrouva dans un véhicule entièrement fermé après avoir été tiré de sa cellule par une escouade de soldats Glaakiens. Cette situation ne l'arrangea pas car il perdait ainsi l'avantage de savoir où on le conduisait pour l'interroger.

Mais le fourgon s'arrêta brusquement, comme s'il avait dû éviter un obstacle.

Blade, qui avait été projeté au sol sous le choc, se releva d'un bond et tenta d'écouter ce qui se passait à l'extérieur.

Une succession de bruits confus ponctués de coups contre la carrosserie du véhicule lui apprit sur-le-champ qu'il se déroulait un événement inhabituel. Puis, les coups cessèrent et un silence de mauvais augure s'abattit autour de lui.

Mais cette accalmie fut de courte durée : un choc s'abattit sur l'arrière du véhicule, suivi immédiatement de plusieurs autres et Blade vit avec stupeur une lame de hache traverser la cloison. Un instant plus tard, une voix lui criait de sortir.

Il sauta dehors et se retrouva dans une rue déserte traversant un quartier d'entrepôts aux murs lugubres.

Le fourgon cellulaire tiré par deux chevaux était en travers de la rue. Les animaux avaient été abattus, ainsi que le conducteur et les six hommes d'escorte qui gisaient sur le pavé dans de larges flaques de sang. Un gaillard hirsute, qui devait être le chef du commando en haillons qui avait tendu le traquenard, attrapa Blade par le bras et lui cria de le suivre. Quelques secondes plus tard, le petit groupe disparut entre les entrepôts. Toute l'action n'avait duré qu'un instant et Blade, qui avait pris les jambes à son cou, se demanda à plusieurs reprises par quel miracle il se trouvait en liberté.

— Mais parce que je suis ton ange gardien, étranger..., sourit Murgunn en tendant un gobelet de vin à Blade qui venait d'apparaître devant lui vêtu d'habits plus discrets que la tunique qu'il portait au moment de l'attaque.

Blade avala son verre d'un trait et s'appuya contre la petite table qui trônait au beau milieu de la pièce où le marchand l'avait attendu.

— Il y a quelque chose qui me dépasse dans tout ça, fit-il. Comment savais-tu que je m'étais fait prendre et que j'étais dans ce fichu fourgon ?

Murgunn leva les bras au ciel.

— Je suis un vieux routier à qui on a appris à se méfier de tout et quelque chose me disait qu'il allait t'arriver des ennuis... Alors, la nuit dernière, je me suis éclipsé pendant que tu dormais et j'ai pris contact avec la pègre locale pour dénicher le commando qui t'a délivré en cours de route. Comme c'est un milieu toujours à court d'argent, je dois t'avouer que je n'ai eu guère de mal à trouver ce que je cherchais.

Blade reposa son verre.

— Et l'argent ? Je croyais que tu avais juste de quoi rentrer à Tarak ?

Murgunn eut une mimique amusée.

— Avant, je suis retourné voir notre ami Lenderh qui n'a pas hésité à me faire une avance. Quelle heureuse idée mon client a-t-il eu de choisir juste ce voyage pour doubler ses commandes de « Furie des Sens »...

— Cela ne m'explique pas comment tu as su que j'avais été coincé par les Sectateurs...

— En fait, l'ami, ce fut le plus simple de tout. J'ai suivi le groupe où tu te trouvais jusqu'à l'ancien marché central et j'ai attendu qu'il ressorte. Quand j'ai vu que tu n'y étais pas, j'ai compris que tu t'étais fait repérer. Elémentaire, mon ami, élémentaire...

Blade s'approcha de Murgunn et posa les mains sur ses épaules.

— Je te dois une fière chandelle ! Tout le monde d'ailleurs te doit une fière chandelle, car j'ai découvert quels étaient les termes du marché passé entre les Sectateurs et ceux qui croient être leurs alliés...

Murgunn écouta attentivement les rapides explications de Blade.

— Ce piratage des âmes correspond bien à la fringale dont semble affligé Jokkun depuis quelque temps, fit le marchand. Et les Sectateurs en ont profité pour se venger des brimades qu'ils ont subies de tout temps. Nyss-ab-Xerg a été fou de leur accorder la moindre parcelle de sa confiance !

— Combien nous reste-t-il de temps avant le départ du convoi ferré pour Yordd ? le coupa Blade.

— Il part après-demain mais j'ai bien peur pour toi que son accès soit particulièrement surveillé par les têtes de mort de la Triade de Sargho... Mais il se peut que l'argent de notre ami Lenderh soit encore de quelque utilité pour nous tirer de ce mauvais pas.

Les Sectateurs de Jokkun ayant officiellement droit de cité dans Segaki, ils sortaient à visage plus ou moins découvert dans la ville et personne ne s'étonna de voir l'un d'eux vérifier systématiquement avec les gardes habituels l'accès des passagers qui avaient assez d'influence pour obtenir le droit de voyager en chemin de fer.

Blade savait que le Sectateur encapuchonné sondait l'esprit de tous ceux qui se présentaient au contrôle et qu'il ne pourrait pas lui échapper. Il fallait donc trouver une ruse pour l'éloigner momentanément du barrage.

Une demi-douzaine de voyageurs attendaient que les gardes vérifient leurs laissez-passer devant la « gare », secondés par le Sectateur de service, lorsque Blade et Murgunn vinrent se placer au bout de la petite file. Un déguisement avait rendu Blade méconnaissable.

Un instant plus tard, trois personnes arrivèrent à leur tour. Le dernier voyageur ressemblait assez à Blade pour qu'une confusion soit possible. De plus l'homme affichait un comportement vaguement inquiet, juste assez pour mettre la puce à l'oreille aux contrôleurs.

La petite file avançait de quelques pas quand soudain, un groupe de cinq miliciens armés fit irruption sur la place et s'avança d'un pas pressé en direction des voyageurs, attirant l'attention des gardes et du Sectateur. A ce moment précis, ils se mirent à courir en désignant l'homme qui ressemblait à Blade. Celui-ci se retourna brusquement, poussa un cri et s'enfuit à toutes jambes.

— Nous le tenons ! jeta le Sectateur. Vite, saisissez-vous de lui, par Jokkun !

La quasi-totalité des contrôleurs se précipitèrent pour aider les miliciens qui tentaient de rattraper le fugitif, suivis par le Sectateur qui continuait à hurler des ordres.

Les quelques soldats qui restaient, maintenant soulagés d'un contrôle minutieux qui n'avait plus raison d'être, se contentèrent de jeter un rapide coup d'œil sur les laissez-passer.

Une demi-heure plus tard, Blade et Murgunn s'installaient tranquillement à l'étage supérieur du gros véhicule. Personne ne vint les déranger et le convoi ne tarda pas à sortir de l'enceinte de Segaki. Les deux hommes attendirent pourtant que le Houud soit attelé pour sortir dans la coursive à claire-voie et profiter des rayons encore chauds du soleil couchant.

— A première vue, ils ne l'ont pas rattrapé..., fit Blade avec un certain soulagement dans la voix.

Murgunn sourit dans sa barbe :

— Je pense en effet que les cinq faux miliciens ont dû plutôt retarder les vrais poursuivants que faire du zèle pour s'emparer de leur complice qui te ressemblait tant...

CHAPITRE XIV

Blade retrouva la minuscule plage encaissée juste à la tombée de la nuit. Plusieurs heures auparavant, il s'était séparé de Murgunn avec une certaine tristesse. Le marchand taraki était attendu d'urgence par son client avide d'orgies et avait dû prendre la première nef commerciale en partance pour Tarak. Blade savait que sans son aide désintéressée, il n'aurait sans doute jamais pu mener sa brève mission à Segaki à bien. Et les renseignements qu'ils rapportaient étaient capitaux pour organiser la riposte de Dusan contre les menées des Sectateurs et des Tarakis qu'ils tenaient déjà sous leur contrôle.

Blade descendit avec précaution le long de la pente escarpée qui plongeait vers le sable. Il retrouva ensuite son canot, toujours dissimulé derrière les rochers et le poussa rapidement à l'eau. La nuit s'était maintenant étendue sur la côte de la province de Glaaken et il ne lui restait plus qu'à espérer que la galère promise par Brak le Sanguinaire soit au rendez-vous, comme prévu.

Une forme noire se glissa sur les eaux un peu après le lever de la lune et s'approcha discrètement du canot de Blade qui avait fait les signaux convenus grâce à une lanterne dissimulée dans l'esquif. Les grands avirons touchèrent une dernière fois la surface de la Mer Intérieure et se relevèrent, laissant le navire courir sur son erre. Une demi-heure plus tard, Blade était à bord de la galère et fonçait vers le sud, vers le sinistre Archipel de la Mort Noire.

***

Si quelqu'un fut aussi surpris que soulagé de voir revenir Blade, ce fut bien Brak le Sanguinaire. Ce fut également le cas de Waya et Sevane, mais pour des raisons bien différentes...

A peine de retour dans la grande bâtisse fortifiée, Blade fut soumis à un feu roulant de questions de la part du pirate géant qui resta abasourdi par les conclusions de l'homme qu'il avait bien cru ne jamais revoir.

— Ainsi, tu veux dire que cette *chose* que j'ai dans mes caves peut influencer l'esprit de ceux qui tombent en son pouvoir, et *s'emparer de leur âme !*

— Conte à dormir debout ! s'exclama Khane l'Exécuteur qui venait d'entrer. Ce n'est qu'un joyau et vous le savez bien !

Le personnage masqué comprit juste à cet instant précis qu'il était allé trop loin. Il vit Brak soulever son énorme carcasse de son trône à la macabre décoration et se jeter sur lui à la vitesse de l'éclair. Le coup de poing cassa l'Exécuteur en deux et ce dernier s'effondra comme une masse sur les dalles de la salle. Brak le Sanguinaire hurla à ses gardes d'entrer et de se saisir du conseiller toujours inconscient pour le mettre au cachot.

— Ou c'est un imbécile ou il est avec eux ! s'exclama le pirate rouge de fureur quand les gardes eurent disparu avec leur prisonnier.

Blade resta silencieux quelques secondes.

— Je pencherais plutôt pour la deuxième hypothèse..., dit-il enfin. Khane ne m'a jamais fait l'effet d'être un faible d'esprit... Et il ne serait guère étonnant que les Sectateurs aient des complices dans l'Archipel en raison de la place qu'il tient sur l'échiquier local. Et comme les habitants de la Triade de Sargho ne sont pas immunisés contre la Mort Noire, il leur faut forcément engager des traîtres parmi ton peuple... Et, pour en revenir à l'émeraude, rassure-toi, je crois qu'elle n'est opérante que si elle est soumise à des conditions d'utilisation particulières.

Le visage de Brak le Sanguinaire se referma.

— Si Khane est un espion de la Triade de Sargho, je m'étonne alors qu'il n'ait pas fait en sorte que l'émeraude soit restituée aux Sectateurs, d'une manière ou d'une autre !

— Trop difficile, répliqua Blade avec assurance. Ceci dit, je suis en train de me demander si ce naufrage n'était pas en fait un stratagème pour introduire cet Œil de Jokkun dans l'Archipel... et si celui ou ceux qui étaient destinés au Pays de Tarak n'étaient pas déjà sur place et en action. Tout porte à le croire, en tout cas.

— Et tu penses alors que Khane s'en serait servi au moment voulu pour m'éliminer ? grogna Brak le Sanguinaire.

Blade acquiesça.

— C'est probable.

Le pirate géant se leva et alla d'un pas décidé vers la porte de la salle.

— Suis-moi ! jeta-t-il à Blade. Nous allons dérouiller la langue de ce traître !

Mais lorsque Blade et Brak le Sanguinaire pénétrèrent dans le cachot où venait d'être jeté l'Exécuteur, ils comprirent tout de suite qu'ils arrivaient trop tard et que Khane leur avait filé entre les doigts.

Le chef des pirates fut pris d'une telle colère en constatant le suicide de son conseiller qu'il ne put se retenir d'asséner plusieurs coups de bottes au cadavre dont le masque de cuir se détacha, dévoilant un visage ravagé par la lèpre.

Brak le Sanguinaire vit l'expression du visage de Blade, écœuré par le triste spectacle.

— Tout son corps est comme ça, expliqua brièvement le pirate géant, et il n'a plus rien entre les jambes. C'est sans doute pour ça qu'il lui fallait torturer pour trouver du plaisir !

Après ce bref aperçu de la psychologie des assassins, Brak le Sanguinaire poussa un soupir d'agacement et ressortit de la cellule.

— Je vais faire enfermer tous les amis de cet espion et nous verrons bien ce qu'ils ont dans le ventre ! En attendant, qu'est-ce qu'on fait ?

Blade attendit qu'ils soient revenus dans la salle de commandement pour lui répondre.

— La seule chose intelligente à faire de toute urgence est d'aller avertir le roi de Dusan de ce qui se trame dans la région.

— Aller à Dusan ! s'exclama le pirate. Tu veux ma mort, ou quoi ? Ça fait des années qu'ils rêvent de me découper en morceaux en place publique !

— Je crois pouvoir te garantir l'immunité à Tuzala, fit Blade. Après tout, vous êtes alliés maintenant, n'est-ce pas ?

***

L'arrivée des deux galères pirates commandées par Brak le Sanguinaire en personne déclencha le vieux réflexe de peur des Dusaniens face aux loups des mers. Pourtant, Blade avait pris la précaution de faire hisser un large drapeau blanc en haut du mât de chacun des navires... Mais il dut intervenir personnellement à plusieurs reprises et se faire reconnaître — le préfet Waldar avait heureusement fait passer dans tout le pays un avis signalant sa disparition — pour éviter à plusieurs reprises un drame terrible.

Finalement, il fallut un ordre exprès du roi lui-même pour que les deux navires soient autorisés à se mettre à quai dans le port souterrain de Tuzala.

Lorsque Brak le Sanguinaire entra derrière Blade dans les appartements royaux, il sentit parfaitement que sa présence venait de crisper la jeune femme blonde et les deux vieillards qui s'y trouvaient. Mais Colwynn fut si heureuse de retrouver Blade qu'elle ignora l'étiquette pour courir se jeter dans ses bras pendant que Waldar, le roi Benhgarn et le chef des pirates se regardaient en chiens de faïence. Puis Blade la repoussa doucement et s'employa à réchauffer l'atmosphère.

— Je voudrais que vous sachiez bien, commença-t-il à l'adresse des Dusaniens, que Brak le Sanguinaire a joué un rôle capital dans la collecte des informations que je vous ramène et qui sont de la plus haute importance pour l'avenir-même de votre pays. Si nous arrivons à nous opposer victorieusement aux visées de la Triade de Sargho, ce sera en grande partie grâce à la coopération de cet homme...

Benhgarn épousseta ses habits de soie bleu nuit avec la mine d'un évèque qui devrait remercier le Diable en personne pour une bonne action. Ce fut Waldar, pourtant l'ennemi juré des habitants de l'Archipel de la Mort Noire, qui fit le premier pas.

— Avant toute idée d'alliance entre nous, je voudrais avoir la certitude que ni nos côtes, ni nos navires seront inquiétés à l'avenir par ton peuple.

Brak le Sanguinaire eut un petit sourire et se retourna vers Blade.

— Bien que tes amis ne soient pas vraiment en position de poser des conditions, je suis assez conscient de la gravité de la situation pour accepter ce compromis...

Waldar et le roi ne parurent pas apprécier la leçon, contrairement à Colwynn qui ne put s'empêcher de pouffer, entérinant ainsi la victoire du pirate.

— Puisque nous voilà donc tous d'accord, je pense qu'il serait temps de se mettre au travail, dit Blade avant de raconter en détails aux Dusaniens la fin de Dosso et la longue équipée qui s'en était suivi. Par égard pour Colwynn, il passa sous silence l'existence de Waya et Sevane et cette omission n'échappa pas à Brak le Sanguinaire.

— C'est vraiment dommage que ce traître de Dosso se soit suicidé! s'exclama le roi Benhgarn. Nous perdons ainsi une précieuse source de renseignements.

— C'est vrai, intervint Blade, mais nous

savons maintenant que sa mission était sans aucun doute d'introduire une ou plusieurs émeraudes géantes dans le pays. Et il n'est pas difficile non plus de deviner que les Sectateurs de Jokkun lui avaient promis la couronne de Dusan en échange, même si leurs relations semblaient quelquefois tendues comme en témoignent l'exécution des trois Sectateurs trop curieux et l'enlèvement de Colwynn qui l'avait suivi...

Waldar se tourna vers lui.

— Il est donc probable que Dosso a eu largement le temps d'installer un réseau de complices dans le pays et que ces maudites émeraudes sont déjà arrivées à destination puisque l'opération montée par la Triade de Sargho est maintenant dans sa phase finale avec la sécession de la province de Glaaken.

Brak le Sanguinaire hocha la tête.

— Je crois aussi qu'il va falloir s'attendre sous peu à une attaque en règle de la flotte de Tarak puisque Nyss-ab-Xerg doit être sûr en ce moment que la Fédération de Malkar sera dans l'impossibilité de vous aider militairement à cause des combats violents qui opposent ses troupes aux rebelles de Segaki.

— Et c'est pour ça qu'il est là, fit Blade en désignant le pirate géant. A l'heure qu'il est, la plupart des galères pirates doivent être à l'Archipel de la Mort Noire en train de se préparer à affronter la flotte de Tarak. En attendant, il faut absolument que nous mettions la main sur les Yeux de Jokkun qui se trouvent à Dusan. Nous avons amené avec nous celui qui se trouvait dans l'Archipel de la Mort Noire...

Le préfet militaire de Tuzala se retourna d'un coup, faisant virevolter ses sombres vêtements autour de son grand corps noueux.

— Nous allons la montrer à tous mes chefs de section afin qu'ils sachent exactement ce qu'ils doivent rechercher ! Puis je ferai fouiller chaque centimètre carré de l'île et de la capitale. Si Dosso a amené une de ces émeraudes avec lui, nous finirons bien par la trouver !

Colwynn s'avança alors vers Blade et passa son bras autour du sien.

— En attendant, permettez-moi de vous soustraire pour quelques heures cet étranger à qui vous devez tant et qui a bien mérité quelque repos...

CHAPITRE XV

Blade pénétra doucement le ventre offert de Colwynn et observa le visage de la jeune femme blonde pour y déceler les premiers symptômes de l'arrivée du plaisir. Les grands yeux bleus se fermèrent au moment où son membre tendu fut au bout de sa course et la bouche entrouverte laissa échapper un soupir que Blade interrompit en apposant ses lèvres sur celles qui se donnaient à lui. Les jambes de Colwynn se nouèrent autour de ses reins pour profiter au maximum de l'épieu de chair qui lui fouillait le ventre. Puis Blade desserra suffisamment l'étau des cuisses tendues pour aller et venir au sein des chairs tendres et humides, provoquant une montée de rouge aux joues de la belle Dusanienne. Le souffle de Colwynn s'accéléra petit à petit, marquant la progression des vagues de plaisir qui déferlaient dans son corps et lorsqu'elle fut enfin emportée par l'explosion de l'orgasme, elle poussa un hurlement qui dut se répercuter dans toute la puissante forteresse qui dominait Tuzala.

Ils firent encore l'amour jusqu'à ce que la jeune femme déclare forfait puis restèrent blottis l'un contre l'autre, malgré l'air chaud et humide qui stagnait dans la pièce.

— Sais-tu que, dans un certain sens, je te dois la vie, murmura Colwynn à l'oreille de Blade tout en lui agaçant le nez avec une mèche de ses cheveux d'or. Oui, si tu n'avais pas démasqué ce fourbe de Dosso, je serais devenue sa Première Epouse à cette heure-ci... Ou plutôt sa Première Esclave !

Blade se souleva sur un coude et lui mordilla le lobe de l'oreille.

— Crois-moi, tu ne seras tranquille que lorsque nous aurons mis un terme aux agissements des Sectateurs de Jokkun. Tant qu'ils auront la moindre chance de parvenir à leur fin, il faut nous considérer comme des esclaves en puissance.

Une ombre d'étonnement passa sur le visage fin de la jeune femme.

— Ils sont dangereux à ce point ? s'étonna-t-elle.

Blade fronça les sourcils.

— Leur dieu est devenu subitement avide d'âmes pour une raison que j'ignore et que nous n'arriverons sans doute jamais à percer. De ce fait, les Sectateurs qui dépendent entièrement de son bon vouloir, se sont retrouvés contraints de décupler leur moisson, de passer du stade artisanal au stade industriel, si je puis dire... Et pour ça, rien de tel qu'une époque troublée par des fléaux tels que la guerre et la terreur, seules propices à la damnation en masse des âmes !

— Et pour ça, ils utilisent ces émeraudes géantes qu'ils appellent les Yeux de Jokkun...

— Exactement, approuva Blade tout en caressant le sein droit de Colwynn. Les hommes qui tombent sous le pouvoir de ces gemmes maléfiques vendent leur âme à l'entité tapie dans le Temple de la Triade Sargho et à laquelle tu devais être sacrifiée !

— Mais j'ai cru comprendre qu'il fallait que le don de l'âme soit consenti par la victime pour être effectif ? s'exclama la Dusanienne.

Blade eut un petit rire mauvais.

— Mais ils n'ont aucun problème pour ça ! Une fois que les victimes sont sous le pouvoir hypnotique des émeraudes, la première chose qu'elles font est de céder « volontairement » leur âme. Ce n'est qu'après qu'elles deviennent des zombies à la solde des alliés des Sectateurs. Et quel dictateur ira s'inquiéter de ce genre de détail alors qu'on lui fournit gratuitement des troupes fanatisées prêtes à mourir pour une cause qu'elles ne comprennent même pas ?

Colwynn resta silencieuse après la tirade de Blade. Des images affreuses s'étaient mises à défiler dans son esprit car elle venait de se souvenir des atroces gémissements des âmes bloquées aux portes de l'Enfer qui s'étaient ouvertes devant le Temple de la Triade de Sargho au moment de son sacrifice. Elle s'imagina alors ce que deviendrait Dusan sous le joug des Sectateurs et de leurs valets : une terre de mort où erreraient des dizaines de milliers de damnés attendant avec terreur l'heure où les forces vitales quitteraient leurs corps et où le pacte passé avec les adorateurs à tête de mort de Jokkun prendrait effet, livrant leur essence même aux griffes d'un dieu assoiffé et dément.

La jeune femme eut si peur qu'elle se réfugia dans les bras de Blade qui surpris par son besoin impérieux de tendresse se mit à la caresser doucement.

Un peu plus tard, alors que la journée était bien avancée, un milicien vint avertir Blade que le roi Benhgarn voulait le voir de toute urgence.

— On les tient ! lança le préfet Waldar lorsque Blade et Colwynn entrèrent dans la salle d'audience royale.

Brak le Sanguinaire lui fit un clin d'œil entendu en lui montrant du menton un officier raide comme un piquet devant le roi.

Waldar vint à grands pas à la rencontre de Blade à qui il désigna un coffre métallique.

— On l'a trouvée..., fit le préfet avec un air soulagé. Cachée dans un petit entrepôt du port. Malheureusement, les traîtres qui la gardaient se sont défendus et nous avons été obligés de les exterminer pour nous emparer de ce joyau démoniaque ! Malgré tout, mes hommes ont pu empêcher le dernier survivant de se suicider et il est maintenant entre nos mains.

— Dosso n'avait pas perdu de temps..., murmura Blade comme pour lui-même. Je suppose, ajouta-t-il ensuite à voix haute que le prisonnier a refusé de parler ?

Le prefet hocha la tête.

— En effet, mais nous allons le remettre entre les mains de nos bourreaux et je crois qu'il finira bien par nous implorer d'avoir la bonté de l'écouter !

Blade l'arrêta d'un geste, l'air soudain préoccupé.

— Ce serait une erreur. Je suis prêt au contraire à parier que votre prisonnier vous claquera entre les doigts avant même que vous ayez su son nom... Croyez-moi, Majesté, continua Blade en se tournant vers le vieux roi, je sais ce que l'Œil de Jokkun peut faire comme ravage dans un cerveau et, comme il est probable que cet homme est sous l'influence de l'émeraude que vos soldats ont découverte, il ne parlera jamais, même si sa vie en dépend.

— Alors, que faire ? demanda Benhgarn de sa voix ferme et pourtant un peu éraillée.

— Combattre le pouvoir de l'émeraude sur l'esprit du prisonnier. Et pour ça, il n'existe qu'un moyen : faire intervenir un hypnotiseur puissant ! Il doit bien exister à Tuzala un sorcier de valeur, non ?

Le roi et le préfet se regardèrent, l'air étonné.

— Bien sûr..., fit Waldar au bout de quelques secondes. Les sorciers foisonnent dans certains quartiers de la capitale mais se sont tous des charlatans.

Quelques années plus tôt, Blade aurait réagi de la même façon, mais les dizaines de missions qu'il avait accomplies dans les Dimensions X lui avaient appris que magie et sorcellerie étaient des forces avec lesquelles il fallait compter si on voulait rester en vie.

— C'est possible, concéda Blade pour ne pas perdre de temps dans une discussion inutile. Mais un sorcier connu, efficace ou pas, doit être au moins un excellent hypnotiseur, ne serait-ce que pour escroquer sa clientèle, d'accord ?

— Je vois ce que vous voulez dire, répondit Waldar. Dans ce cas, je crois que j'ai une petite idée sur la personne qu'il nous faut...

Erskine possédait tout l'attirail d'un charlatan de la magie exploitant à fond la crédulité d'un public avide de surnaturel. Il était grand, d'un âge mur et essayait de se donner l'allure hiératique d'un mage antique à l'aide d'une barbe noire taillée en pointe qui faisait ressortir ses traits osseux et son nez recourbé. De plus, Erskine affichait un regard à la fois inquisiteur et profond, comme s'il était en perpétuelle communication avec les puissances supérieures. Un chapeau pointu et une immense robe noire couverte d'étoiles argentées complétaient le tableau. S'il n'avait pas été dans une salle de torture où la mort attendait ses victimes en embuscade, Blade se serait cru participer à un véritable numéro de cirque...

Le préfet militaire s'approcha du sorcier.

— Ecoute-moi bien, Erskine, car je vais mettre les choses au clair immédiatement. Tu vois cet homme (il désigna le Dusanien attaché, nu, au chevalet de torture le plus proche et sur lequel veillaient deux hommes à l'air brutal) ? Il est sous l'influence d'un puissant hypnotisme qu'il va te falloir lever sans le tuer. Si tu réussis, un décret royal te garantira la sécurité à Dusan jusqu'à la fin de tes jours. Mais si tu échoues, tu ne ressortiras pas vivant de ce palais...

— Je présume que je n'ai déjà plus la possibilité de refuser ce marché ? répondit Erskine d'une voix de basse qui ne manquait pas d'une certaine noblesse.

Waldar secoua la tête en silence.

— Alors, allons-y..., murmura le sorcier en s'approchant du chevalet avec la dignité d'un mage antique.

Erskine demanda aux deux bourreaux de détacher le prisonnier juste assez pour le faire asseoir. Ceci fait, le sorcier commença à dessiner des signes cabalistiques dans l'air moite de la salle voûtée tout en marmonnant des paroles inintelligibles pour les autres membres de l'assemblée pourtant attentive. Au bout de quelques secondes, les yeux, jusque-là fermés de l'homme, s'ouvrirent brusquement comme si une force inconnue lui avait fait relever les paupières contre sa volonté.

Les mystérieux mouvements d'Erskine s'arrêtèrent alors et les yeux du mage se vrillèrent soudain dans ceux du prisonnier qui fut parcouru d'un frisson. Ce frisson se transforma petit à petit en tremblements au fur et à mesure que la volonté du sorcier forçait sa route au travers de l'esprit cadenassé de l'homme nu. Et tout à coup, l'homme poussa un hurlement qui glaça même le sang de Brak le Sanguinaire qui, pourtant, en avait vu d'autres.

En voyant le corps nu se tordre de façon obscène, Blade crut que l'homme était devenu fou mais se retint à temps en voyant Erskine esquisser une ébauche de sourire.

Soudain, le prisonnier se raidit et resta tétanisé, le souffle court. Le sorcier se recula un peu et son visage reprit quelques couleurs.

— Voilà, souffla-t-il. Ses défenses sont brisées et il est à vous, ajouta-t-il en jetant un coup d'œil à Waldar. Cependant, je vous conseille de faire vite car les étais du tunnel mental que je viens de forer dans son esprit pour atteindre le cœur de celui-ci risquent de se briser à tout moment... Maintenant, je vous laisse en espérant recevoir rapidement le décret dont vous m'avez parlé...

Erskine redressa sa haute taille rehaussée par son chapeau pointu et s'apprêta à quitter la salle de torture. Mais Waldar l'attrapa au passage.

— Tout doux, mon ami..., dit le préfet avec une expression de rapace. Tu sortiras d'ici une fois que nous en aurons terminé avec ce traître. S'il s'avise de nous faire faux bond, je considérerai que notre contrat a été rompu et c'est toi qui le remplaceras sur le chevalet !

Erskine prit un air outragé et s'enferma dans un mutisme absolu pendant que Blade venait se placer juste devant le Dusanien nu.

— Comment t'appelles-tu ? dit Blade à voix haute et intelligible, afin que ses paroles forcent les brumes qui devaient environner l'esprit du prisonnier.

— Maevhe, articula l'homme avec peine.

— Bien. Peux-tu me dire maintenant ce que tu faisais avec le Seigneur Dosso ?

L'homme eut une hésitation puis parla :

— Je préparais la venue des Temps Nouveaux où Jokkun nous libérerait de la tutelle des rois qui nous écrasent.

Waldar fit un pas en avant. Le regard de Blade quitta celui de Maevhe pour ordonner silencieusement au préfet de ne pas s'avancer plus.

— Et pour ça, tu as donné ton âme à Jokkun grâce à son Œil d'émeraude ? reprit Blade après avoir ramené son attention sur l'homme qu'il interrogeait.

— Oui.

Blade réfléchit quelques secondes avant d'aller plus loin car il avait entendu dire qu'il fallait observer la plus grande prudence lorsqu'on interrogeait un homme sous hypnose. Et le cas du dénommé Maevhe était particulièrement délicat puisque la plus petite erreur pouvait faire s'effondrer le travail de sape mentale qu'avait opéré le sorcier au chapeau pointu.

— Sais-tu si l'Œil de Jokkun que tu protégeais est le seul qui se trouve sur l'île de Tuzala ?

— C'est le seul, répondit l'homme nu sans hésiter.

— Est-ce qu'il en existe d'autres dans le pays de Dusan ? continua Blade, soudain tendu.

Maevhe ouvrit la bouche pour répondre mais aucun son ne franchit ses lèvres. Sa tête partit en arrière, tendant à l'étouffer la corde qui lui serrait le cou. En un bond, Blade fut sur lui et l'empoigna par les cheveux. Il redressa la tête à grand-peine et s'aperçut que l'homme avait les yeux révulsés.

— Erskine, vite ! ordonna Blade. Si tu ne fais rien, il va nous lâcher !

La brutale perspective de remplacer Maevhe sur le chevalet donna des ailes au sorcier et, quelques secondes plus tard, il posait ses mains aux doigts longs et fins sur le crâne du prisonnier. Puis Erskine se concentra et focalisa toutes ses forces mentales sur l'esprit de l'homme nu. Petit à petit, il sentit que le verrou psychique qui s'était refermé à la question de Blade était en train de sauter et il jeta ses dernières forces dans la bataille.

Blade vit alors le blanc des yeux de Maevhe disparaître pour laisser à nouveau place à l'iris et à la pupille dilatée. Erskine avait gagné.

— Existe-t-il d'autres émeraudes à l'intérieur de Dusan ? redemanda Blade en priant le ciel pour que tout se passe bien cette fois-ci.

— Oui, lâcha Maevhe d'une voix d'outre-tombe.

— Combien ?

Silence. Les lèvres du Dusanien se rétractèrent en un rictus bestial et un filet de salive coula sur son menton. Blade essuya les gouttes de sueur qui venaient d'apparaître sur son front et attendit en serrant les dents. Visiblement, l'esprit du prisonnier luttait contre une puissance invisible qui tentait de mettre à bas l'ouvrage mental édifié par Erskine. La première tentative de destruction avait échoué mais il était évident que le malheureux Maevhe ne résisterait pas à celle-ci.

Sans que Blade ait besoin de le rappeler, le sorcier revint poser ses mains sur le crâne tremblant. Erskine se savait épuisé mais il découvrit tout au fond de lui quelques forces supplémentaires à offrir à Maevhe pour l'aider à tenir encore quelques instants face à l'étau mental qui n'allait pas tarder à lui faire éclater l'esprit comme une coquille de noix invisible.

— Combien ? redit Blade, le souffle court. *Combien ?*

— Une ! grogna Maevhe en se tordant dans ses liens qui lui entaillaient les chairs.

Blade entendit le préfet pousser un soupir derrière lui mais ne perdit pas de temps à se retourner.

— Où se trouve-t-elle, Maevhe ? Pour l'amour du ciel, dis-moi où se trouve l'autre émeraude...

Le corps nu du Dusanien se crispa sous une influence surnaturelle et Blade vit avec horreur la peau de l'homme se racornir et se fendiller partout, arrachant un hurlement de douleur abjecte. Soudain, un éclair de conscience passa brièvement dans les yeux fous du malheureux, comme si la force ténébreuse avait relâché son emprise quelques secondes par mégarde.

— Ci... Cité des Sables..., murmura Maevhe au moment où son crâne explosa telle une pastèque trop mûre entre les mains d'Erskine, projetant dans la salle une pluie de sang et de cervelle.

Blade se releva et s'essuya les yeux. Il vit alors que Colwynn s'était évanouie. Alors, sans mot dire, il alla directement à elle et la releva avec douceur. Pendant ce temps, Waldar, Brak le Sanguinaire et les deux bourreaux étaient restés figés sur place par l'horrible spectacle. Quant à Erskine, il réussit à surmonter le dégoût qui l'avait envahi et fit quelques pas en arrière pour s'éloigner du corps pratiquement décapité de l'espion des Sectateurs. Puis, sans que ses yeux quittent le chevalet de torture maculé de débris humains, il s'essuya les mains parmi les étoiles brillantes qui constellaient sa longue robe noire et tous crurent, à voir son visage blême, qu'il allait vomir.

Colwynn rouvrit les yeux à cet instant précis et cacha sa tête contre l'épaule de Blade, qui la laissa un peu plus tard pour se retourner vers Waldar, toujours muet.

— Nous sommes des imbéciles de ne pas y avoir pensé plus tôt ! murmura-t-il. Les Sectateurs ne doivent pas avoir un nombre illimité d'émeraudes à leur disposition, ce qui les oblige à ne les installer que dans les points clés des régions qui les intéressent. Et il est évident que la seule région vitale en dehors de la capitale, à Dusan, est les hauts plateaux avec leurs mines si riches !

— Ce qui veut dire que Qerybn, le Djahri de la Cité des Sables est dans le coup..., souffla le préfet. C'est sans doute pour cela qu'il était si pressé de quitter Tuzala !

CHAPITRE XVI

Le hasard — à qui il arrive quelquefois de réellement bien organiser les choses... — fit que le roi Benhgarn avait promis au Djahri de la Cité des Sables de lui envoyer un conseiller militaire pour faire face à une éventuelle invasion de cette partie de Dusan. Le statut de Protectorat dont jouissaient les hauts plateaux laissait à ceux-ci le soin de se défendre eux-mêmes et jamais un roi de Tuzala n'était parvenu à imposer aux féroces peuplades locales la présence de soldats dusaniens. Il est vrai qu'en échange de cette non-ingérence dans ses affaires intérieures, le Djahri de la Cité des Sables assurait à Dusan l'exclusivité de ses exportations de métaux. Et comme seuls les Worniens — c'était le nom des hommes à peau écailleuse qui peuplaient les hauts plateaux — étaient assez résistants pour travailler dans l'enfer des mines locales, les Dusaniens n'avaient pas jugé bon d'envahir leur territoire pour y imposer leur loi...

Immédiatement après le pénible épisode de la salle de torture, Blade proposa au roi de Dusan de prendre la place du conseiller militaire qui devait partir le lendemain accompagné d'une petite escorte. Le vieillard chenu hésita jusqu'à ce que Blade lui fasse remarquer qu'il était le seul à pouvoir approcher et manipuler l'Œil de Jokkun sans danger. L'argument porta et il fut décidé que Blade quitterait Tuzala à l'aube en compagnie d'une douzaine de soldats d'élite triés sur le volet. Le plus dur fut de persuader ensuite Brak le Sanguinaire de rester dans la capitale pour coordonner les actions de la flotte dusanienne et de la sienne au cas où les Tarakis se décideraient à attaquer entretemps.

*
* *

Le soleil écrasait la vallée de sa lumière infernale, transformant le sol sablonneux en un insoutenable miroir de feu. Chaque grain, chaque rocaille semblait exploser dès qu'on posait le regard dessus.

Blade, n'en pouvant plus, arrêta sa monture et se frotta les yeux, brûlés par la réverbération. Son geste ne fit qu'augmenter la sensation de déchirement des globes oculaires et le laissa quelques secondes pratiquement aveugle. Il rabaissa son immense chapeau avec de la lassitude dans le mouvement et se retourna pour voir si les autres suivaient.

Les douze montures octopodes et écailleuses avaient stoppé en même temps que la sienne et agitaient leur tête de lézard géant tout en fouettant l'air surchauffé de leur queue coupante comme une lame de rasoir. Halshuro, l'officier qui commandait le détachement fit signe à Blade que tout allait bien. Celui-ci acquiesça d'un mouvement de la tête et reporta son attention sur le soleil qui déclinait. Il calcula rapidement qu'il leur faudrait encore trois bonnes heures de marche avant d'atteindre la petite montagne qui abritait la Cité des Sables et qui se découpait sur l'horizon désertique des hauts plateaux. D'un coup d'éperons, Blade excita son *serqqi* et l'espèce de lézard à huit pattes se remit en route au fond de la vallée morte.

La Cité des Sables formait, à ce qu'avait entendu dire Blade, un des ensembles architecturaux les plus insolites du monde connu des Dusaniens. Elle était avant tout édifiée de façon à recevoir le moins de lumière possible et ses fondateurs n'avaient pas hésité à creuser toute une montagne pour y abriter l'étonnante ville.

La montagne ressemblait intérieurement à un gigantesque bol retourné dont les parois auraient été recouvertes d'une couche d'habitations sphériques agglutinées entre elles comme des œufs de batraciens. Le peu de lumière nécessaire à la vie des habitants pénétrait dans la titanesque caverne artificielle par un gros puits creusé à son sommet. L'air embrasé de l'extérieur était donc toujours repoussé par celui, plus frais, de l'intérieur.

Une autre originalité de la cité consistait en son mode d'accès : on y entrait et sortait par le même chemin que celui emprunté par la lumière et la liaison se faisait grâce à un système d'ascenseurs actionnés par traction animale.

La nuit tombait lorsque Blade et son escorte parvinrent enfin, harassés par leur voyage, devant la sorte de hangar où arrivaient les plates-formes. L'air, que le crépuscule n'avait pas encore commencé à refroidir, était traversé par les grognements de fatigue et de douleur provenant de l'enclos couvert qui abritait les animaux de halage, de gros serqqis spécialement élevés pour cette tâche ingrate.

Blade descendit de sa monture et s'approcha de la guérite située près de l'entrée du hangar. Une silhouette s'agita dans l'ombre et annonça le prix de la descente d'une voix fatiguée. Blade sortit alors un rouleau de parchemin frappé du sceau du roi Benhgarn et annonça au Wornien le caractère officiel de sa visite qui le dispensait de payer. L'homme sortit de sa guérite et Blade se rendit compte qu'il ne s'était pas encore fait au faciès inquiétant de cette race au corps couvert de minuscules écailles, seule protection valable contre le soleil qui écrasait les étendues désertiques des hauts plateaux. Le Wornien s'essuya les mains avec sa courte tunique blanche et parcourut le document officiel d'un rapide coup d'œil.

— Pas de problème votre Excellence, dit-il en rendant le parchemin à son propriétaire, mais vos hommes devront rester à l'extérieur de la Cité, sauf s'ils déposent leurs armes.

Blade, qui était au courant de ce règlement et avait bâti son plan dessus, hocha la tête et lança à Halshuro de conduire ses soldats dans l'une des auberges tapies tout autour du puits d'accès et de faire en sorte qu'eux et leurs montures soient prêts à partir à la moindre sollicitation. Puis il descendit de son serqqi, qu'il confia au Wornien écailleux et prit la grosse sacoche accrochée à la selle.

— Allez vous mettre là-bas. La plate-forme va bientôt arriver.

Blade remercia l'homme aux pupilles fendues comme celles d'un félin et suivit la direction indiquée après avoir salué Halshuro. Il se retrouva bientôt contre une barrière métallique de facture grossière qui empêchait de s'approcher trop près du gouffre du puits par lequel montaient tous les bruits, les gloussements et les gargouillements intestinaux de la Cité des Sables, ainsi qu'une chaleur quasi-animale pleine d'odeurs musquées. Blade fut pris de vertige et se recula un peu.

Quatre câbles, gros comme une patte de serqqi plongeaient dans les ténèbres à la recherche de l'archaïque ascenseur. Ils commencèrent à vibrer lorsque celui-ci atteignit le bas du puits et se mit à racler sa paroi. Après avoir parcouru les quelque cinquante mètres qui la séparaient encore de la surface, la plate-forme en bois de fer, grouillante d'animation, se stabilisa devant la barrière. Celle-ci se rabattit d'un coup, laissant passer un troupeau de Worniens et quelques véhicules bâchés dont les patins, si efficaces sur le sable, produirent alors des abominables crissements en glissant sur les galets de l'allée conduisant à la sortie.

Blade attendit que tout le monde soit passé pour s'avancer vers l'ascenseur en compagnie de la vingtaine de personnes — tous des Worniens au regard étrange — qui attendaient avec lui. Il se retourna et vit que son escorte avait disparu en direction des auberges avoisinantes. L'inquiétante construction de bois frémit à peine sous le poids de ses nouveaux passagers, qui durent patienter encore une bonne demi-heure avant que les préposés à la manœuvre de l'ascenseur estiment que la plate-forme était assez chargée pour entamer la descente. Ils refermèrent la barrière et crièrent quelque chose en direction de l'extérieur. Presque aussitôt un léger balancement accompagné de bruits suspects marqua le début de la descente. Quelques petits cris d'angoisse surgirent dans le noir quand la plate-forme quitta la proximité rassurante de la paroi du puits pour s'enfoncer dans le vide.

Blade vit alors que l'engin était maintenu en position stable grâce à un câble de la grosseur d'un tronc humain passant dans une poulie montée sur l'un de ses côtés. On évitait ainsi tout danger d'accrochage entre les ascenseurs qui se croisaient perpétuellement durant les heures d'affluence.

Blade eut alors tout le temps d'admirer l'étrange beauté de la ville suspendue aux parois de la caverne géante. Chaque habitation était éclairée par des lampes et devenait ainsi une sorte de grosse luciole agrippée à la voûte. L'ensemble pouvait aussi faire penser à un amas stellaire au sein duquel se déplaçait la plate-forme transformée par l'imagination en astronef... Blade se sentit tout à coup projeté dans le vide spatial. Les lumières se mirent à tourbillonner, à scintiller, à changer de couleur. Devant lui, une galaxie se formait, se condensait en une boule de lumière argentée. Puis, en un milliardième de seconde tout explosa pour se reformer à un autre point de la caverne.

Blade ferma les yeux et revint à la réalité lorsque survint le choc de l'ascenseur entrant en contact avec le sol de la Cité des Sables. Les grincements s'éteignirent au bout de quelques secondes et la scène à laquelle Blade avait assisté en haut du puits d'accès se reproduisit dans les moindres détails. Il fut emporté par le flot des passagers et dut faire des efforts méritoires pour ne pas être écrasé par la populace.

Il avisa alors une escouade de gardes qui surveillaient le bon déroulement des opérations et se dirigea vers eux tout en sortant son document officiel. Aucun des soldats ne savaient apparemment lire mais on avait dû les mettre au courant de l'arrivée prochaine d'un conseiller militaire dusanien car la seule vue du sceau du roi Benhgarn les tira de leur apathie. L'un d'eux, qui devait commander l'escouade, s'inclina brièvement devant Blade et le pria de le suivre. Blade jeta un rapide coup d'œil aux Worniens armés de sabres recourbés et sut qu'il était maintenant trop tard pour reculer. Mais le principal était qu'aucune sinistre silhouette encapuchonnée ne soit en vue...

Le « fond » de la Cité des Sables était une véritable fourmillière baignant dans l'odeur forte et musquée qui semblait être une des caractéristiques physiques des Worniens. Tout en suivant son guide armé jusqu'aux dents, Blade sentit monter en lui une impression de gêne provoquée par le sentiment d'*inhumanité* qui se dégageait des hommes des hauts plateaux. Leurs yeux de chat et leur peau écailleuse y était sans doute pour quelque chose, encore que pour le vieil habitué de l'exotisme qu'était devenu Blade, ce genre de détail ne comptât plus beaucoup. Cela devait donc provenir d'autre chose qui devait être en relation avec l'aura mentale des habitants de la ville.

Le Djahri n'avait pas de palais à proprement parler mais officiait dans un bâtiment circulaire qui coiffait une sorte de piton rocheux surgissant à peu près au centre du sol de la gigantesque caverne. En descendant, Blade avait remarqué cette construction bizarre qui s'élevait à une bonne vingtaine de mètres au-dessus des plus hautes maisons formant le parterre de la Cité des Sables, une couche d'habitations réservées aux habitants les plus pauvres et aux commerçants. Les riches, eux, occupaient les maisons sphériques accrochées à la voûte... Par volonté politique, ou simplement parce que c'était impossible de le faire ailleurs, les Djahris qui s'étaient succédé à la direction des hauts plateaux avaient choisi d'établir leur quartier général au milieu du peuple de la capitale du Protectorat.

Blade et son guide arrivèrent enfin sur la place pavée qui ceinturait la base du socle rocheux supportant la petite forteresse circulaire écrasant les environs de sa masse de pierre taillée. Et Blade se demanda à cet instant précis combien de regards vides étaient en train de suivre ses pas au travers des innombrables fenêtres étroites qui constellaient les murs fortifiés.

CHAPITRE XVII

Qerybn, le Djahri de la Cité des Sables, avait été averti de l'arrivée du conseiller militaire de Dusan et fit un bon accueil à Blade, qu'il n'avait pas vu lors dc son bref séjour à Tuzala. Malgré tout, Blade avait pris la précaution de transformer son visage en laissant une barbe épaisse envahir ses joues et son menton.

Le Djahri prit ses mains dans les siennes — les écailles de la vieille peau parcheminée leur donnaient réellement l'apparence de serres d'oiseau de proie — et observa rapidement son visiteur de ses yeux de chat. Comme tous les Worniens, Qerybn possédait un nez court aux narines ovales et une large bouche ressemblant à une fente craquelée. Son grand âge avait eu raison des cheveux roux filasse qui caractérisaient sa race et Blade eut la sensation d'être reçu par une momie échappée de son tombeau...

— Mon vieil ami Benhgarn est vraiment bien bon de nous prêter ce qu'il considère sans doute comme étant un de ses meilleurs généraux..., fit le vieillard d'une voix légèrement sifflante.

Blade inclina la tête.

— Vos compliments m'honorent, grand Djahri, et je puis vous assurer que le roi de Dusan prend particulièrement à cœur la défense de votre pays contre une éventuelle attaque des Tarakis.

Qerybn croisa les mains, faisant ainsi disparaître celles-ci dans les larges manches de la robe couleur sable qui constituait son unique vêtement. Ses yeux fendus fixèrent à nouveau ceux de Blade.

— Je comprends parfaitement cette sollicitude qui nous touche tous, d'ailleurs. Il est vrai que si les hauts plateaux se ralliaient aux Tarakis, la puissance commerciale de Dusan s'évaporerait à la vitesse d'un verre d'eau vidé dans le désert...

Blade remarqua immédiatement que le Djahri n'avait pas parlé d'invasion mais de ralliement. Le mal était donc bien dans la place, comme l'avait dit le malheureux Maevhe avant sa mort affreuse. Blade se décida donc à appliquer le plan qu'il avait mis au point avec Brak le Sanguinaire et les dirigeants de Tuzala.

— J'ai entendu dire que les Sectateurs de Jokkun proposeraient un autre plan que celui de prendre Dusan par la force, avança-t-il alors d'un air entendu.

Le Djahri fut immédiatement sur la défensive.

— Je n'ai plus de contact avec la Triade de Sargho depuis de longues années...

Blade se jeta à l'eau.

— Quelqu'un m'a pourtant affirmé le contraire et...

— Je croyais qu'on m'avait envoyé un général, pas un policier! cracha le vieux Wornien. Si c'est là toute l'aide que Dusan nous propose, je la refuse tout net!

Blade ne se démonta pas devant l'accès de colère du Djahri et continua à parler d'une voix calme mais résolue.

— Les autorités de Tuzala ont mis à jour le complot ourdi par le Seigneur Dosso, comme vous le savez certainement puisque vous étiez sur place au moment de sa fuite. Maintenant Dosso est mort et ceux qui l'assistaient ont été tous tués lors de la découverte par les miliciens de l'Œil de Jokkun caché dans le port de Tuzala. Tous sauf un...

Le chef des Worniens ferma à demi ses yeux de chat.

— Toi, peut-être?

Blade acquiesça en silence.

Le Djahri resta quelques secondes à contempler son hôte puis frappa à plusieurs reprises dans ses mains.

Blade entendit bouger la tenture qui dissimulait une partie du mur derrière lui. Il tourna vivement la tête et ne put s'empêcher d'avoir une exclamation de surprise en découvrant le personnage qui venait d'apparaître.

Dosso !

— Je constate que tu n'es guère heureux de me revoir ! lança le Seigneur de Rokuro en s'avançant vers eux.

— Ainsi ton « suicide » n'était qu'une mise en scène ! murmura Blade d'une voix consternée. Mais comment as-tu échappé à l'incendie de ton bateau.

Une expression amusée passa sur le visage triangulaire du traître dusanien.

— Tout simplement parce qu'il n'a pas brûlé jusqu'au bout et que j'ai été recueilli le lendemain par une barque de pêcheurs qui passait à proximité. Ils n'étaient pas au courant de mon infortune et je n'ai eu aucun mal à leur faire croire que j'avais été victime des pirates...

Blade maudit intérieurement la malchance qui venait de s'abattre sur lui et ne trouva rien à répondre.

Dosso se tourna alors vers le Djahri et lui dit, tout en jouant avec le bout de son petit bouc noir :

— La seule présence de cet homme prouve que Benhgarn et son chien de garde de Waldar sont au courant... Ces immondes bâtards de Serqqis. En tout cas, la première chose à faire est de neutraliser son escorte qui est restée en haut, près du puits !

Qerybn appela un officier et lui donna

immédiatement des ordres en ce sens. Le piège se refermait sur Blade.

Dès que le soldat eut disparu, le Seigneur de Rokuro reporta son attention sur celui-ci.

— Et maintenant, nous allons te présenter à l'Œil de Jokkun ! Tu verras, Richard Blade, tu vas devenir *vraiment* l'un des nôtres !

Ni Qerybn ni Dosso ne virent l'éclair de soulagement qui passa dans les yeux de Blade qui venait de comprendre que les émeraudes géantes n'étaient pas en communication entre elles. Sinon, commcnt Dosso ignorerait-il ce qui s'était passé dans la capitale de la province de Glaaken ?

Les Worniens ne prirent même pas la peine d'attacher Blade, se disant sans doute qu'il ne risquait plus de s'échapper. Le petit groupe, conduit par Dosso et Qerybn, descendit un long escalier en colimaçon qui devait s'enfoncer dans le socle rocheux ceinturé par la grande place pavée qui marquait le centre de la Cité des Sables.

Beaucoup plus bas, Blade retrouva avec un sentiment désagréable le même genre de salle sphérique qu'à Segaki avec, en son cœur, la pierre traversée de pulsations lumineuses qu'était l'Œil de Jokkun. En haut de la spirale de marches qui s'enfonçait jusqu'à la base de la sphère de pierre recouverte de mousse phosphorescente, le Djahri et deux des trois soldats à la peau écailleuse abandonnèrent Blade à Dosso et au quatrième garde qui, contrairement aux autres était armé d'une masse d'armes. Le Seigneur de Rokuro arriva le premier à destination. A ce moment précis, la pulsation lumineuse s'amplifia à l'intérieur de l'émeraude et Blade ressentit les effets de l'attaque hypnotique qui le prenait pour cible sous les regards amusés de ses adversaires.

Une nouvelle fois, Blade sentit la pensée étrangère s'infiltrer dans son esprit. Mais il ne refit pas l'erreur de sa précédente confrontation avec la puissance du dieu affamé d'âmes : il lui laissa croire que son esprit fléchissait sous l'assaut et commença à répéter mentalement les ordres sournois qui devaient le transformer en un esclave soumis aux Sectateurs et en une future proie pour leur maître, Jokkun...

Pendant qu'il s'employait à contrer discrètement les influences néfastes de la fabuleuse émeraude, Dosso s'était un peu écarté alors que le garde était, lui, maintenant tout proche. Blade ferma les yeux, comme s'il était en train de tomber complètement sous la coupe de Jokkun, et fit un pas en direction du soldat wornien dont le regard ne quittait pas l'œuf de lumière verte.

Cinq secondes plus tard, Blade avait désarmé le garde qui s'effondra, le crâne fracassé par la masse d'armes. Dosso poussa un cri de rage, dégaina son sabre et se jeta sur Blade. Celui-ci fit un saut de côté pour éviter la lame sifflante et se baissa pour expédier la tête hérissée de piquants métalliques dans le ventre de son adversaire. Comme Dosso ne portait pas d'armure, même légère, le coup porta à plein et la masse d'armes lui réduit l'abdomen en bouillie. Le Seigneur de Rokuro hurla de douleur et se cassa en deux pour s'effondrer ensuite contre le socle de l'émeraude. Cette fois il n'y aurait pas de fausse sortie du traître de la pièce... Mais, pour plus de sécurité, Blade lui fit exploser la tête d'un dernier coup assené de toutes ses forces.

En haut de l'escalier, Qerybn croassa un ordre et les trois soldats écailleux qui étaient restés avec lui se précipitèrent en direction du fond de la salle sphérique.

Mais quand ils arrivèrent à pied d'œuvre, il était trop tard. A peine s'étaient-ils engagés dans l'escalier que Blade leva sa masse d'armes et l'abattit sur l'émeraude géante. Le premier coup ne sembla pas avoir d'autre effet que d'accélérer le ballet de lumière verte. Blade poussa un soupir et frappa à nouveau, provoquant un son de verre brisé et l'apparition de fractures à la surface de l'Œil de Jokkun. Cette fois, l'affaire était sur la bonne voie...

Malheureusement, le premier garde sauta au pied du socle à la même seconde et Blade n'eut que le temps de se retourner pour lui faire face. Le Wornien grogna quelque chose d'incompréhensible et se jeta sur lui, sabre en avant. Blade lui régla son compte de la même façon que pour Dosso. Sous le choc, l'homme à la peau écailleuse fut renvoyé en arrière et percuta le second garde qui accourait derrière lui. La confusion qui s'ensuivit permit à Blade de frapper encore une fois l'émeraude. La tête hérissée de pointes de la masse d'armes fit éclater l'Œil de Jokkun en des centaines de morceaux et toute lumière disparut des restes de l'énorme pierre précieuse, comme si une forme étrangère de vie l'avait brusquement quittée.

Mais Blade n'eut guère le loisir de réfléchir là-dessus car le deuxième garde s'était relevé. Entre-temps, le troisième venait de faire le tour du socle et il se retrouva pris en tenaille au fond de la salle sphérique.

Blade leva les yeux et vit en un éclair que le Djahri reculait vers la porte et s'apprêtait à coup sûr à aller chercher du secours. Puis son attention se reporta précipitamment sur ses deux derniers adversaires. Il savait qu'il n'avait que quelques secondes devant lui pour s'en débarrasser.

Il poussa un hurlement abominable qui surprit les deux Worniens. Ceux-ci stoppèrent leur progression l'espace d'un instant, juste assez pour que Blade puisse reprendre l'avantage de l'attaque doublé de celui de la surprise. Le garde qui avait fait le tour du socle ne comprit qu'il s'était fait piéger que lorsque les pointes de fer de la masse fouillèrent son visage, arrachant au passage nez, yeux et joues et ne laissant qu'un cratère horrible en train de pisser le sang. Le cri d'épouvante que poussa le Wornien partit en même temps que le second moulinet mortel de Blade, qui termina sa course contre l'oreille droite du dernier garde dont le sabre entailla légèrement l'épaule de son adversaire. Tout le côté de la tête dépourvue de protection s'écrasa sous le choc terrible. La masse d'armes ne resta dans sa cible qu'une fraction de seconde, le temps pour Blade de s'apercevoir que le Djahri avait disparu.

Il enjamba les corps mutilés, ramassa un sabre au passage et grimpa quatre à quatre les marches de l'escalier spiralé pour s'cngouffrer ensuite dans le passage ou s'était évanoui le chef des Worniens.

Il le rejoignit juste en haut de l'escalier secret qui creusait son trou en colimaçon dans le piton rocheux supportant le petit palais fortifié. En l'entendant arriver, Qerybn se retourna d'un coup et poussa un grognement d'inquiétude. L'homme à la peau écailleuse sut qu'il n'atteindrait jamais les secours à temps et essaya de parlementer avec ce démon qui avait résisté à l'Œil de Jokkun. Mais Blade en avait décidé autrement et la masse d'armes vola entre les deux adversaires pour percuter le front squameux du Djahri. L'os craqua avec un bruit sec et le crâne se fendit sur plusieurs centimètres. Le vieux Wornien tapa contre le mur, rebondit et piqua du nez en direction de Blade. Lorsque son crâne éclata cette fois complètement en atterrissant contre une des marches. Blade évita de justesse la trajectoire du cadavre qui stoppa sa chute quelques mètres plus bas. Restait maintenant à sortir de la place, ce qui risquait fort de ne pas être simple. Sans compter qu'il lui faudrait ensuite *aussi* s'évader de la gigantesque nasse que constituait la Cité des Sables en elle-même...

Les ennuis de Blade commencèrent dès qu'il eut surgi de l'ouverture secrète qui menait au sanctuaire.

Il tomba sur quatre soldats en train de discuter et qui le suspectèrent immédiatement à cause de ses armes et des innombrables taches de sang qui maculaient ses habits clairs. Les quatre Worniens lui ordonnèrent de s'arrêter de leur voix sifflante, ce qui coûta la vie au plus proche. Blade était maintenant dans une sorte d'état second qui lui permettait d'anticiper les actions de ses adversaires. Par moments, il avait même l'impression que ses armes étaient douées d'une existence propre et qu'elles se ruaient toutes seules à l'appel du sang. Ainsi, le sabre fila telle une flèche vers la gorge du Wornien qui arrivait sur lui et ouvrit celle-ci d'une oreille à l'autre avant que ses trois compagnons aient eu le temps de comprendre ce qui se passait.

Pendant ce temps, la masse d'armes s'était précipitée vers une autre victime. Au dernier instant, le soldat put éviter le coup qui allait lui faire exploser la tête mais il ne sauta pas assez vite pour s'en tirer indemne : la tête hérissée lui hacha littéralement le genou droit et il perdit l'équilibre pour s'écrouler en gémissant sur les dalles rectangulaires.

Les deux survivants comprirent à ce moment-là qu'ils devaient être en train de se battre contre un démon et tournèrent casaque pour aller sonner l'alerte dans tout le palais. Ce qui ne prit que quelques instants, compte tenu de l'exiguïté de ce dernier...

Blade ne resta qu'un court instant dans la salle traversée par les gémissements du Wornien blessé qui tenait entre ses mains écailleuses le mélange d'os et de chairs à vif qui avait été son genou. Il ne lui fallut qu'une poignée de secondes pour comprendre que la retraite devait lui être déjà coupée du côté de la sortie fermée par une herse. Ne restait donc plus qu'une solution : fuir par le haut, avec l'espoir plus qu'incertain de trouver une ruse quelconque pour s'évader par l'extérieur de la muraille. C'est dans cette optique que Blade ramassa les deux poignards des soldats qu'il venait de clouer au sol. Puis il s'engouffra dans un escalier menant aux étages supérieurs où se trouvaient salles d'audience et appartements de feu le Djahri de la Cité des Sables.

Cette brève ascension coûta la vie à deux

gardes trop pressés par l'alerte pour avoir pris toutes leurs précautions contre la machine à tuer qu'était devenu Blade. Celui-ci arriva enfin, hors d'haleine et couvert de sang, dans une grande pièce dont la seule décoration était constituée par une dizaine de grosses têtes de serqqis naturalisées et fixées sur des supports de bois de fer. Une longue table noire occupait la plus grande partie des lieux, entourée par une dizaine de chaises à dossiers hauts de la même couleur. Et à une extrémité il y avait un siège sculpté imposant qui n'était autre que celui du Djahri.

Blade était à peine entré qu'une escouade de Worniens débarqua à son tour. Cette fois, Blade décrocha car ils étaient trop nombreux. La seule issue qui se présentait à lui était un autre escalier, très large celui-ci, et qui filait vers le haut.

Après quelques autres mauvaises rencontres — surtout pour les Worniens concernés — et poursuivi maintenant par une véritable meute de gardes, Blade finit par déboucher sur le toit du palais, un cercle dallé d'une centaine de mètres de diamètre et cerné par des créneaux. Une vingtaine de soldats s'y trouvaient et ne comprirent pas tout de suite ce qui se passait. Blade joua sur ces quelques secondes de répit pour foncer vers le créneau le plus proche. D'où il se trouvait, le spectacle de l'intérieur de la Cité des Sables était réellement impressionnant, surtout lorsqu'on contemplait l'immense voûte de pierre et les centaines de maisons sphériques qui s'y trouvaient agglutinées. Mais Blade n'eut guère le loisir de jouer au touriste et, une fois qu'il fut au bord de la plate-forme circulaire, il s'empressa de jeter un coup d'œil vers le bas, vers la grande place dallée envahie par une foule de badauds, de soldats et de marchands. Trente mètres au moins la séparaient de lui.

C'est alors qu'il aperçut l'espèce de grue primitive utilisée pour monter les marchandises trop importantes pour passer par l'entrée du bas. C'était là son salut, mais, auparavant, il devait se débarrasser de la demi-douzaine de Worniens qui s'apprêtaient à lui faire un mauvais sort pendant que les autres, y compris ceux qui venaient de surgir de l'escalier, accouraient pour leur prêter maint-forte.

La masse d'armes et le sabre entrèrent alors en action, ouvrant dans les rangs ennemis un chemin de sang et de chairs brisées. A nouveau, Blade ressentit cette grisante sensation d'être l'instrument d'une Puissance supérieure, ce qui ne l'empêcha pas d'être touché à deux reprises, au bras et au flanc. Mais il parvint à mettre une dizaine de mètres entre ses poursuivants les plus immédiats et lui. Quand il arriva à la grue, il enjamba tout de suite le créneau et se jeta dans le vide.

Il réussit à attraper de justesse la corde qui filait jusqu'aux pavés de la place et se laissa glisser vers le bas. Au bout de quelques mètres seulement, les paumes de ses mains étaient en sang. Serrant les dents pour lutter contre la douleur atroce, il jeta un regard vers le bas et vit un groupe de soldats et de civils crier quelque chose. Les Worniens entouraient un chariot chargé semble-t-il d'énormes ballots de tissus. D'autres cris alertèrent alors Blade qui releva la tête pour s'apercevoir que ses poursuivants étaient en train d'essayer de couper la corde !

Repoussant l'atroce douleur qui lui dévorait les mains il fit tout pour accélérer sa descente. Les gardes finirent par trancher les dernières fibres de la corde alors qu'il avait parcouru les deux tiers du chemin et il fut précipité dans le vide.

Avant de tenter son évasion désespérée, Blade s'était séparé de sa masse d'armes et avait attrapé son sabre maculé de sang par le milieu de la lame entre ses dents. Quand les gardes eurent cisaillé la corde, Blade empoigna son arme et prit la meilleure position possible pour se recevoir dans les ballots de tissus colorés. Sa chute ne dura qu'une poignée de secondes, pas assez longtemps, en tout cas, pour que les Worniens attroupés autour du chariot tiré par un serqqi de taille modeste aient le loisir de faire bouger l'attelage.

Blade rebondit dans les ballots mais parvint à se redresser tant bien que mal presque tout de suite. Il plongea alors en direction du conducteur wornien qu'il précipita sur le pavé d'un coup de garde de sabre derrière le crâne. Les soldats présents tentèrent de monter dans le véhicule. Deux ou trois moulinets de sabre meurtriers les en dissuadèrent immédiatement. Blade empoigna le fouet accroché au siège de bois et l'abattit sur le dos du serqqi déjà rendu inquiet par toute cette agitation autour de lui. L'animal octopode gronda sous l'effet conjugué de la douleur et de la surprise puis fonça droit devant lui, renversant tous ceux qui se trouvaient sur son passage. Les premières flèches s'envolèrent du haut du palais à cet instant précis pour manquer leur cible et se ficher dans les ballots de tissus.

Blade continua à frapper la bête écailleuse qui était en train de semer la panique sur la place pendant que d'autres traits filaient vers lui. Cette fois, les archers worniens avaient tiré plusieurs flèches enflammées. Une partie du chargement du chariot prit feu quasi instantanément. Blade s'en rendit compte au moment où l'attelage pris de folie sortait de la grande place circulaire pour s'engouffrer dans une rue un peu plus large que les autres qui partait en direction de la base du système d'ascenseurs tout proche.

Des hurlements de terreur jaillissaient en cascade devant le serqqi suivi du chariot en flammes. Blade ne faisait plus attention à la douleur qui lui dévorait les mains et aux premières atteintes de la chaleur infernale produite par l'incendie qui ravageait le chariot dans son dos. L'attelage faillit se renverser à plusieurs reprises pour éviter des obstacles qui surgissaient sans crier gare devant lui. Blade laissa ainsi une piste de désolation sur tout l'itinéraire qui séparait le palais des ascenseurs.

Quand il déboula sur l'espace encombré par les Worniens attendant de sortir — les indigènes préféraient voyager de nuit même si leur constitution leur permettait de résister au soleil implacable des hauts plateaux — il vit qu'une plate-forme s'apprêtait à décoller. Les gardes avaient relevé les barrières. Ils tentèrent d'intercepter Blade quand celui-ci sauta du véhicule en feu mais ne parvinrent pas à l'empêcher de sauter sur le haut de la barrière et de s'accrocher au rebord de la plate-forme qui se trouvait déjà à trois mètres du sol. L'ascenseur, commandé du haut de la montagne creuse qui abritait la Cité des Sables, continua sa route pendant que Blade se rétablissait sur la surface du bois. Il tira immédiatement les deux poignards pris aux gardes du palais mais aucun des passagers, terrorisés par cet homme aux yeux fous et au corps recouvert de sang, ne fit mine de vouloir s'en prendre à lui.

Durant la montée, qui lui parut durer des siècles, Blade se calma un peu et regarda disparaître sous lui le dédale des rues de la Cité des Sables. Une intense agitation avait éclaté autour du chariot en feu, d'autant plus que le malheureux serqqi, pris de panique, s'était mis dans la tête de repartir au hasard dans les rues encombrées malgré l'heure tardive. Le capharnaüm qui s'ensuivit empêcha toute tentative pour bloquer l'ascension de la plate-forme vers le trou noir du puits.

CHAPITRE XVIII

Etendu sur le lit, Blade se laissa aller une nouvelle fois au plaisir que lui procuraient les douces mains de Colwynn en train de lui masser les reins. La jeune femme se pencha jusqu'à ce que la pointe de ses seins effleure sa peau. Un frisson parcourut Blade tout entier et il se retourna d'un coup, en proie à une violente excitation. Colwynn eut une mimique d'amusement en voyant son membre dressé et s'amusa à exciter celui-ci à l'aide d'une mèche de ses longs cheveux blonds. Puis son beau visage s'abaissa lentement et ses lèvres emprisonnèrent le sexe durci. Blade poussa un soupir et sut qu'il ne résisterait pas longtemps à une pareille attaque...

Un peu plus tard, Colwynn caressa doucement ses paumes à peine cicatrisées et ce geste lui remémora sa fuite de la Cité des Sables.

En arrivant à la sortie des larges ascenseurs, Blade avait forcé le passage avant que les gardes aient eu le temps d'intervenir pour l'en empêcher. Il s'était ensuite emparé d'un serqqi et s'était enfui à bride abattue dans la nuit. Auparavant, il avait eu le temps d'apercevoir les corps alignés sous le feu de quelques torches des hommes de son escorte, surpris par les soldats worniens envoyés par le Djahri avant que Blade ne l'envoie dans un monde meilleur.

Blade n'avait qu'un souvenir diffus de ce qui s'était passé ensuite. Il se rappelait seulement d'une folle course au travers du désert des hauts plateaux durant laquelle il avait bien failli mourir d'inanition, de fatigue et d'insolation. Et le reste était plus vague encore... Mais il avait réussi à rejoindre Tuzala dans des délais raisonnables.

Après s'être fait soigner les mains et les brûlures occasionnée par le soleil du désert, Blade s'était enfermé durant une journée avec l'Œil de Jokkun amené à la capitale de Dusan par Brak le Sanguinaire. Il était ressorti épuisé de cette confrontation avec le surnaturel mais, et c'était là le plus important, avec une idée assez précise d'un plan de bataille.

— Attaquer la Triade de Sargho ? s'était exclamé de sa voix éraillée le vieux roi Benhgarn. Mais il nous faudrait tout une flotte pour ça ! Et vous savez bien que des dizaines de navires tarakis foncent en ce moment vers nos côtes. Sans le message de votre ami Murgunn, jamais nous ne l'aurions appris à temps...

Blade avait approuvé.

— Je sais parfaitement qu'il ne vous reste que quelques bateaux, Majesté. Et c'est pour ça que j'ai demandé à Brak le Sanguinaire de rester ici avec son navire pendant que l'autre partait avertir la flotte de l'Archipel de la Mort Noire. Je ne compte pas m'attaquer aux trois îles de la Triade de Sargho avec une seule galère mais j'ai l'intention d'aller me mesurer directement avec Jokkun lui-même...

Le vieux roi et son préfet militaire avaient été si surpris qu'ils n'avaient trouvé aucun argument valable pour dissuader Blade de mettre son projet insensé à exécution. Colwynn, elle, avait mis en avant des raisons personnelles, mais sans rencontrer plus de succès.

— Comprends-moi bien, avait expliqué Blade à la jeune femme après que celle-ci l'eut presque imploré de renoncer, le fauteur de troubles n'est pas le dictateur de Tarak qui tente sa chance après avoir fait le nécessaire pour que la Fédération de Malkar ne puisse pas nous venir en aide mais bel et bien le dieu fou qu'adorent les Sectateurs ! Si nous nous contentons de détruire la flotte tarakie et même si nous rasons ensuite entièrement l'archipel de la Triade de Sargho, nous ne ferons que reculer l'échéance... Jokkun a semé ses germes du chaos dans toute la région et, tôt ou tard, ceux-ci finiront par refleurir et, avec eux, de nouveaux Sectateurs peut-être même encore plus déterminés que ceux que nous combattons en ce moment !

— Mais qui es-tu pour vouloir te mesurer avec un dieu ? s'était révoltée Colwynn avec les larmes aux yeux. Et pourquoi devrais-je te perdre dans ce duel insensé ?

— Je ne sais pas si tu me perdras, avait répondu Blade, mais je crois avoir découvert le moyen d'expédier Jokkun en dehors de cet univers. Vois-tu, Colwynn, un œil sert à voir ce qui se passe à l'extérieur mais il est aussi le reflet de l'âme de son propriétaire. Et j'ai appris beaucoup de choses en scrutant durant une journée celui de notre ami Jokkun...

*
* *

S'il n'était pas soumis à un rite précis, l'Œil d'émeraude n'avait aucune influence sur les humains qui l'approchaient et était totalement inutilisable pour le dieu maléfique qui était tapi dans le Temple de la Triade de Sargho. Mais la grosse émeraude était pleine d'informations en sommeil sur son propriétaire, informations auxquelles Blade avait eu accès en y projetant son esprit durant sa journée de réclusion. Le fait que son cerveau ait été, à deux reprises en contact prolongé avec des Yeux en action semblait lui avoir donné le pouvoir de pénétrer mentalement dans l'unique Œil que les Dusaniens avaient en leur possession.

Blade referma le coffre et monta sur le gaillard d'arrière de la galère pirate qui filait sur les eaux de la Mer Intérieure recouverte du linceul noir de la nuit sans lune, la nuit du Sacrifice pour les Sectateurs...

A quelques milles devant eux s'étendait la côte sombre de l'île au cœur de laquelle s'élevait le Temple surmonté de l'énorme œuf d'émeraude lumineuse matérialisant toute la puissance terrestre de Jokkun. La cérémonie ne devait pas avoir commencé car aucune lueur verte n'était encore en vue et si la phénoménale émeraude avait été activée, elle aurait été visible de la mer.

La galère continua son chemin, propulsée seulement par ses avirons, et finit par jeter l'ancre à quelques encablures de la plage où Colwynn et Blade avaient été secourus par Brinns après leur folle évasion. En la revoyant, Blade eut une pensée pour le grand guerrier que Dosso s'était empressé de faire disparaître avec ses équipages pour que le secret de l'enlèvement par les Sectateurs soit bien gardé. Maintenant, Dosso était mort pour de bon et, d'une certaine façon, l'âme errante de Brinns pouvait s'estimer vengée...

Dès que la galère fut immobilisée, on mit sans bruit six grands canots à l'eau. Un certain nombre de pirates armés jusqu'aux dents y prirent place, conduits par Blade et

Brak le Sanguinaire qui surveillèrent de près le transbordement du coffre contenant l'Œil de Jokkun dans leur embarcation. Une fois l'opération terminée, les six canots se dirigèrent rapidement vers la longue bande de sable plongée dans l'ombre de la nuit.

Dès qu'ils accostèrent, les pirates tirèrent leurs embarcations au sec et se réunirent en deux colonnes qui s'enfoncèrent rapidement parmi les épineux qui constituaient la quasi-totalité de la végétation locale.

La marche forcée en direction du Temple se déroula sans autre problème que l'agression permanente des épines qui couvraient les taillis d'arbustes. Les deux colonnes silencieuses ne stoppèrent qu'une fois, lorsque le Grand Œil de Jokkun s'illumina au sommet du Temple, annonçant ainsi le début du Sacrifice. Un peu plus tard, elles s'arrêtèrent car le mur d'enceinte était en vue, cernant la masse cyclopéenne du Temple. Le rayon de lumière verte tombait de l'émeraude accrochée en haut de la haute tour pour éclairer l'autel et l'esplanade dallée face auxquels s'élevaient les lueurs orangées de l'Enfer et le gémissement des âmes prisonnières et damnées pour l'éternité.

Les éclaireurs envoyés par Blade revinrent rapidement pour dire qu'il n'y avait aucun garde sur le mur d'enceinte. Blade pensa que les Sectateurs, trop sûrs de leur victoire malgré les incidents à la Cité des Sables, avaient négligé de prendre certaines précautions élémentaires...

La centaine de pirates se rapprochèrent en rampant et arrivèrent très vite au bas du glacis de protection. Là, les grappins d'abordage entrèrent en action et allèrent s'aggripper aux pierres de l'enceinte déserte. Puis, les pirates commencèrent à escalader le mur. Tout le commando se retrouva bientôt de l'autre côté après avoir éprouvé des difficultés à faire passer le lourd coffre contenant l'émeraude.

En dehors des incantations et des gémissements inhumains qui s'élevaient à proximité de l'esplanade supportant la masse de l'autel éclairé par la lumière verte et les quatre hautes torches s'élevant à chacun de ses angles, tout était silencieux aux abords du Temple, comme si la Mort rôdait pour la nuit.

Blade retrouva les chemins dallés par lesquels il s'était enfui avec Colwynn des semaines plus tôt et il eut un pincement au cœur en se rappelant qu'il ne reverrait sans doute plus la belle Dusanienne blonde. Bientôt, la centaine de soldats se retrouva massée au pied de l'esplanade, prête à intervenir.

Blade fit alors signe dans le noir aux autres de ne pas bouger et se coula telle une ombre dans l'escalier qui montait vers l'esplanade où officiaient les prêtres des Sectateurs vêtus de leurs longues capes noires sinistres et de leur coiffure évasée. Blade se glissa derrière l'autel, l'oreille aux aguets, prêt à égorger le premier garde qui aurait le malheur de se montrer. Mais il ne rencontra personne et retrouva sans peine l'ouverture par laquelle il était sorti du Temple pour sauver Colwynn. Satisfait de son examen, il redescendit rapidement vers les pirates.

— Je crois que l'heure est venue de nous séparer..., souffla-t-il à Brak le Sanguinaire.

— Tu es sûr de ce que tu fais ? s'enquit celui-ci à voix basse. Sinon il est encore temps de renoncer puisque ces démons ne nous ont pas encore repérés !

Blade posa une main sur chacune des épaules nues du pirate géant et secoua la tête.

— Si je ne le fais pas maintenant, jamais plus pareille occasion ne se représentera et Jokkun pourra recommencer ses complots contre l'humanité...

Brak le Sanguinaire acquiesça avec un bref soupir et ordonna dans un murmure que le coffre soit ouvert et qu'on apporte l'émeraude à Blade.

Lorsque celui-ci empoigna l'espèce de harnais de cuir conçu pour emporter l'énorme pierre précieuse lors de la dernière partie de l'opération, les pirates s'égaillèrent vers les autres escaliers à l'exception d'une dizaine qui restèrent autour de leur chef.

Blade s'approcha de Brak le Sanguinaire.

— Si jamais je ne reviens pas, je compte sur toi pour dire à Colwynn que je ne l'oublierai jamais, que ce soit dans ce monde ou dans un autre...

— Il faudrait que je m'en tire moi-même pour faire ta commission, l'ami ! souffla le géant.

Blade lui fit signe de la main et posa un pied sur la première marche.

— Pour ça, je te fais confiance ! lança-t-il à voix basse. Maintenant, tu comptes jusqu'à dix et tu y vas... Adieu !

Puis Blade empoigna fermement le harnais d'une main et son sabre de l'autre et se glissa vers l'esplanade dallée où le sacrifice battait son plein dans un concert de cris et de gémissements d'outre-tombe. Au moment où il entra en courant dans le couloir aux parois phosphorescentes un hurlement de guerre surgi de cent gorges pirates lui apprit que Brak le Sanguinaire venait de lancer l'attaque de diversion.

*
* *

Blade poursuivit sa course sans se retourner et le fracas des armes et des clameurs s'évanouit bientôt derrière lui au fur et à mesure qu'il s'enfonçait dans la masse du Temple. La première fois qu'il y était venu, il avait erré en aveugle dans le labyrinthe des couloirs mais maintenant, grâce à ce qu'il avait appris en sondant mentalement l'Œil de Jokkun qu'il emportait avec lui, il se dirigeait parfaitement dans ce lieu maudit. Il sut ainsi, à un croisement de deux galeries phosphorescentes et désertes qu'il était tout près de ce qu'il cherchait. Il posa alors sabre et harnais sur le sol et commença à tâter le mur luminescent qui lui faisait face. Soudain, une pierre énorme se dématérialisa et ouvrit un vide absolu devant lui.

Blade ne perdit pas de temps à scruter la portion de néant qu'il venait de découvrir et ramassa le harnais contenant l'émeraude, sans reprendre le sabre qui ne lui serait plus d'aucune utilité à partir de cet instant. Ceci fait, il jeta un dernier coup d'œil derrière lui et se jeta dans le trou noir sur lequel s'ouvrait le mur.

Blade ferma les yeux et sentit une force puissante s'emparer de son corps et tenter de le désintégrer. L'espace d'une seconde, il crut que les ordinateurs de la Tour de Londres étaient en train de le récupérer mais la poussée invisible cessa bientôt et il sentit un sol dur surgir sous ses pieds. Quand il rouvrit les yeux, il comprit qu'il était enfin face à face avec Jokkun.

Il s'était réveillé au cœur d'un cocon de lumière émeraude dont les parois étaient parcourues par des vagues de couleur verte foncée. Il baissa les yeux et s'aperçut qu'il était nu et que le sol sous ses pieds n'était qu'une illusion destinée à lui rendre le sens de l'équilibre. La seule chose qui lui restait était le harnais contenant l'émeraude.

Blade scruta alors le cocon de lumière et chercha à discerner le visage de Jokkun.

Ce fut une voix qui répondit à sa question muette, une voix qui paraissait surgir de toutes parts, une voix qui ne semblait faire qu'une avec la lumière omniprésente et qui s'infiltra dans son esprit.

— *Qui es-tu, mortel, pour être venu jusqu'en mon cœur ?* demanda la voix avec des accents complètement inhumains.

— Quelqu'un qui a su percer certains de tes secrets, répondit Blade avec fermeté.

Un éclat de rire malsain et désincarné éclata à l'intérieur de sa tête.

— *Voilà des paroles bien impudentes ! Voyons ce qu'en pense mon Œil !*

Blade sentit une chaleur irradier entre ses mains qui tenaient l'émeraude et vit que celle-ci s'était animée. Il préféra attendre la suite des événements avant de faire quoi que ce soit. Mais la communication entre la pierre précieuse et l'entité invisible ne dura que quelques secondes.

— *Ainsi tu viendrais d'un autre monde, mortel ?* fit la voix désincarnée avec une trace d'amusement sinistre.

Les yeux de Blade s'étrécirent sous la concentration. Depuis qu'il était entré dans le Temple, il avait cessé de penser à son plan, de peur que Jokkun ne lise à livre ouvert en lui et avait imposé à son esprit l'image d'un mur de briques rouges. Et ce mur ne devait s'entrouvrir que pour laisser filtrer uniquement des pensées soigneusement choisies.

— Comme toi, Jokkun. Ton Œil m'a appris que tu étais un fauve errant entre les univers et qui a besoin de la force des âmes qu'il prend comme esclaves pour passer d'une Dimension à une autre. Vu ta fringale actuelle, je crois pouvoir affirmer que tu t'apprêtes à partir pour d'autres cieux. Et c'est pour cette seule raison que tu es en train de mettre un monde à feu et à sang.

Un nouvel éclat de rire satanique se répandit en Blade.

— *Mortel, ta perspicacité me plaît, sais-tu... Tu as vu juste : Je vais bientôt avoir suffisamment d'âmes pour me tirer dans le néant entre les mondes et quitter celui-ci.*

— Rassure-toi, Jokkun, je le savais. Manipulé comme il le faut, ton Œil est très... bavard ! C'est d'ailleurs pour ça que je suis venu te voir. J'aimerais que tu regardes les images qui vont surgir dans mon esprit...

Blade se mit alors à penser à un programme télévisé qu'il avait vu, une émission sur la surpopulation sur Terre. Les silhouettes de foules immenses défilèrent dans sa tête et il put presque sentir physiquement l'excitation de l'entité qui se faisait passer pour un dieu.

— Alléchant, n'est-ce pas ? dit Blade en coupant le flot d'images.

— *C'est ton monde ?*

Blade acquiesça mentalement tout en prenant bien soin de rétablir la représentation du mur de briques.

— *Je peux t'obliger à me dire où il se trouve, tu le sais ?*

— C'est inutile... Je peux t'y conduire si tu me promets ton assistance là-bas. Quelques millions d'âmes en plus ou en moins ne me font ni chaud ni froid. Par contre tu pourrais m'aider à établir mon pouvoir...

L'entité accepta rapidement sous la pression qui s'était emparée d'elle et qu'on pouvait suivre par l'augmentation sensible des pulsations lumineuses qui parcouraient le cocon immatériel.

Blade s'empressa de lui expliquer ce qu'il attendait d'elle pour réussir l'opération tout en faisant un effort incroyable pour maintenir solide l'image du mur de briques où commençaient à apparaître d'inquiétantes lézardes. Un long moment passa avant que Jokkun arrive au bout de ce que lui avait demandé de faire Blade. Puis les ordinateurs de la Tour de Londres le repérèrent et mirent en route la phase de récupération.

Le mur de briques s'effondra d'un coup à cet instant précis et Jokkun s'aperçut avec colère qu'il s'était fait posséder...

CHAPITRE XIX

— Mon cher Richard, dit J après avoir reposé son verre de scotch, Lord Leighton voudrait bien savoir comment vous vous êtes débarrassé de ce... Jokkun ? Lui et moi ne comprenons d'ailleurs pas pourquoi vous avez gardé le silence à ce sujet dans la relation de votre dernière mission...

Blade sourit et s'étira. Les deux hommes étaient installés au soleil, au bord de la piscine du manoir de Blade dans laquelle s'ébattait Culotté, le singe télépathe ramené d'une DX lointaine et qu'on avait finalement renoncé à envoyer en mission avec son maître, pour raisons de santé.

— Je n'en ai pas parlé car je voulais y réfléchir à tête reposée pour vous donner une réponse claire. Ceci dit, j'ai peur que vous n'appréciez pas vraiment ma... témérité !

J fronça les sourcils.

— En tout cas, vous venez d'aiguiser ma curiosité, Richard. Alors, cessons de tourner autour du pot, je vous en prie...

Blade fit signe au vieux chef du MI 6 de patienter un instant et se resservit un verre de scotch.

— En fait, j'ai pris un risque énorme pour piéger Jokkun, dit-il en remettant la bouteille dans le bar à roulettes. En sondant l'émeraude trouvée dans l'Archipel de la Mort Noire, j'avais appris que cette entité était capable de voyager entre les univers parallèles en utilisant l'énergie psychique de millions de corps astraux — ce que les Dusaniens appelaient des âmes — réduits en esclavages. Le processus détruisait complètement les « âmes » en question, ce qui obligeait Jokkun à refaire le plein, si je puis dire, à chaque escale.

— En créant une religion démoniaque, intervint J.

Blade acquiesça.

— Exactement. Mais le nombre d'âmes nécessaires à Jokkun pour repartir était tel qu'il poussa les habitants de la Triade de Sargho — qu'il avait transformés en adeptes de son culte — à ourdir un complot d'envergure internationale pour semer la guerre et la désolation dans cette partie du monde. Une fois le processus en marche, les âmes damnées se mirent à affluer par milliers et Jokkun put espérer pouvoir repartir au bout de quelques années, durant lesquelles l'enfer se serait déchaîné sur les rivages de la Mer Intérieure !

— Mais heureusement, vous étiez là...

L'admiration et l'affection que lui vouait J amusait et attendrissait à la fois Blade.

— Disons qu'une fois de plus, j'ai été le grain de sable inattendu qui a bloqué la machine. Mais il faut bien dire que deux choses ont joué contre les projets de Jokkun : d'une part, le fait qu'il n'ait qu'un petit nombre d'Yeux à sa disposition et, d'autre part que mon cerveau soit totalement réfractaire aux assauts hypnotiques des émeraudes. Je puis vous assurer que si les Sectateurs avaient eu ne serait-ce que deux douzaines d'Yeux à disséminer dans la région pour semer la révolte et la damnation, je n'aurais peut-être pas eu le temps de découvrir le moyen d'en finir avec Jokkun !...

J hocha la tête.

— Nous en arrivons donc à ma première question...

— Eh bien, soupira Blade, pour tout vous dire, je me suis servi de notre monde comme appât pour pousser Jokkun à quitter celui qu'il s'apprêtait à ravager pour satisfaire son amour des voyages.

N'importe qui aurait été consterné par une telle déclaration mais J fit honneur au flegme britannique en se contentant de poser son verre et de dire :

— Pardon ?

— Oui. N'avez-vous pas été surpris de la soudaineté de la décision de Lord Leighton pour me « repêcher » ?

— Maintenant que vous m'y faites repenser, c'est vrai..., admit le chef des Services Secrets. J'avais mis cela sur le compte des habituelles lubies de notre ami.

— Bien. En fait, c'est Jokkun qui a ordonné à Lord Leighton de me ramener.

J ne dit rien mais la stupéfaction se lut dans son regard clair.

— Je lui avais montré des images alléchantes pour lui et lui avais expliqué comment je voyageais entre les univers. Et comme il n'avait pas assez d'âmes pour partir, je lui ai proposé de l'emmener avec moi...

— Mais c'était un être immatériel...

Blade eut un petit sourire.

— Bien sûr, mais il pouvait se fixer sur un support, en l'occurrence son Œil, que je pouvais ramener avec moi. Nous nous sommes donc mis d'accord et il a utilisé toutes les âmes qu'il avait en sa possession pour projeter un flux psychique relayé par moi en direction de la Tour de Londres. Et Lord Leighton a mis ses ordinateurs en route...

J l'arrêta d'un geste.

— Attendez, Richard, je crois que j'ai compris ! Vous avez lâché l'émeraude durant votre translation, c'est ça, hein ?

Blade prit un air amusé.

— Tout à fait, monsieur. Notre ami Jokkun a réussi à traverser le mur psychique à l'ultime seconde et a pu lire en moi quels étaient mes projets. Mais il n'a pas eu le temps de quitter le support de l'émeraude...

Je dois dire que j'ai eu chaud ! Maintenant, Jokkun doit errer quelque part dans le néant qui sépare les Dimensions X. Et comme il n'a plus une seule âme prisonnière à sa disposition, on peut espérer qu'il y est pour l'Eternité ! Bon débarras, en tout cas !

— Voilà qui était bien joué, Richard, admit J en portant un toast. Mais j'aimerais autant que vous ne preniez pas ce genre de risques trop souvent. Imaginez un peu si votre Jokkun avait réussi à forcer le passage jusqu'à Londres...

Le chef du MI 6 fit une brève pause puis reprit la parole :

— Au fait, à votre avis, Richard, ce Jokkun était-il le seul de son espèce ou bien devons-nous craindre l'arrivée d'entités de ce genre sur notre Terre ?

Blade avait déjà réfléchi à cette question.

— Je crois en effet que c'est possible et qu'il faut être particulièrement vigilants. Je crois également que d'autres Jokkun ont pu déjà faire escale chez nous dans le passé...

J ne répondit rien, fasciné par les perspectives qu'ouvrait cette interprétation de l'Histoire.

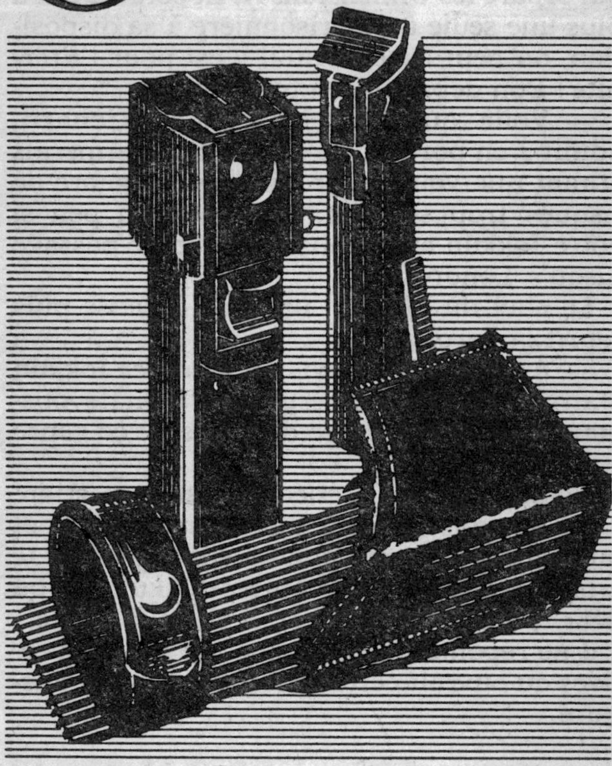

LES ANTI-GANGS

Les Anti-gangs, une équipe d'hommes durs et implacables qui tuent et se font tuer dans un combat sans merci.

DÉJÀ PARUS :

AUGUSTE LE BRETON :

N° 1 : L'AS DES ANTI-GANGS
N° 2 : L'AS ET BELLES CHAUSSURES
N° 3 : L'AS ET LE CASSE DU SIÈCLE
N° 4 : L'AS ET LA MARQUISE
N° 5 : L'AS ET L'ENNEMI PUBLIC
N° 6 : L'AS ET LES TERRORISTES
N° 7 : L'AS AU SÉNÉGAL
N° 8 : L'AS ET LES MALFRATS

GEORGES PIERQUIN :

N° 9 : LE PLUS SALAUD DES TROIS
N° 10 : LA POLKA DES RINGARDS
N° 11 : LE POULET A L'ARMORICAINE
N° 12 : BASTOS A LA VOLÉE
N° 13 : TROIS MÉDUSÉS DANS UN RAFIOT
N° 14 : DES POULETS ET DES HOMMES
N° 15 : CES DAMES AU SALOON
N° 16 : TACATA ET FUGUE EN RÉ
N° 17 : DE L'EAU DANS LE GAZOLE
N° 18 : BARBE-BLEUE, SATAN AND C°
N° 19 : LA POULE AUX YEUX D'OR
N° 20 : RAS-LE-SAC
N° 21 : ÇA BARDE A CAMBRONNE
N° 22 : MISE EN BIÈRE-PRESSION
N° 23 : CAR L'OS C'EST CARLOS
N° 24 : LE PRIX DU SANG
N° 25 : LA PEAU DE LA PANTHÈRE
N° 26 : MAIN BASSE SUR L'AUTOROUTE
N° 27 : MISSION EN TROIS POINTS
N° 28 : QUAND LES SOURIS DANSENT
N° 29 : CINQ MILLIARDS AU BOUT DU COLT
N° 30 : FESTIVAL D'AZUR ET DE SANG
N° 31 : LE GANG DES POSTICHES
N° 32 : LE PENDU HORIZONTAL
N° 33 : LA MORT EN SOMMEIL

*Achevé d'imprimer en février 1985
sur les presses de l'Imprimerie Bussière
à Saint-Amand (Cher)*

— N° d'édit. 11287. — N° d'imp. 201. —
Dépôt légal : mars 1985.

Imprimé en France